U0005981

SOULS SLAUGHTERS

REC

00:08:24 HD

Soulsslaughters

杜軒

BARISTA
DU XUAN

Profile

從小就有「預見」能力，可以被動看見尚未發生的事。
聰明有心計，但心地善良，無法棄他人於不顧。

靈魂型態	技能類別
生者	預見者

SOULSXSLAUGHTERS + + + +

SOUL'S SLAUGHTERS

Soul's Slaughters

夏司宇 HYENA XIA SI-YU

Profile

生前是職業軍人，
綽號「不死的鬣狗」。
不苟言笑，總是表現出漠然的態度，但有著不隨便殺人的堅持。

靈魂型態	技能類別
死者	戰鬥專家

SOULS×SLAUGHTERS + + + +

GOBOOKS & SITAK GROUP©

GOBOOKS
& SITAK
GROUP©

三日月書版

三日月書版

SOULS x SLAUGHTERS
靈魂
ソウルズ
殺戮
草子信 著
茶渋たむ 繪
01
輕世代 FW383
三日月書版

SOULS × SLAUGHTERS

CONTENTS

楔子 009

第一夜
永夜校舍（上） 015

第二夜
永夜校舍（中） 039

第三夜
永夜校舍（下） 063

第四夜
狩獵場（上） 089

第五夜
狩獵場（下） 113

第六夜
死者與活人（上） 137

第七夜
死者與活人（下） 161

第八夜
逃脫（上） 187

第九夜
逃脫（中） 209

第十夜
逃脫（下） 229

後記 249

ソウルズ x スローターズ

+ + + + + SOULS x SLAUGHTERS

楔子

漆黑的空間中，安靜的學校走廊上，眼前的黑暗看似伸手不見五指，實際上卻沒有影響視線，彷彿主觀的自身周圍會散發光暈，給予一定範圍內的清晰視野。

這種感覺很奇妙，但是也讓人恐懼，就好像自己成為目標，不管走去哪、躲在什麼地方，就是沒辦法擺脫這個光圈，可是他不知道的是，這僅僅只是「視覺」上的效果，他本身並沒有發光。

畢竟，這樣「不合常理」。

人的思考很容易因為眼前所看到的「事實」而受到影響，即便解釋，大腦也不見得會接受。就像他明明獨自身處黑暗中，卻舉步維艱，臉上充滿著驚慌、身體不由自主地顫抖著。

忽然，安靜的空間裡傳來人類的喘息聲。

由遠而近，由慢變快，令人不安。

原本就害怕不已的他，臉色瞬間鐵青，在發覺「聲音」正逼近自己之後，立刻拉開手邊最近的門，躲了進去。

就只差這麼短短的一秒，聲音在他關門的瞬間從外面走廊「跑」過去。

他蹲下身，躲在窗戶下面的牆壁後方，背對著走廊，用力捂住耳朵。

「啊啊啊啊啊——」

人類的慘叫聲迴盪在寧靜的走廊上，即便用手遮住耳朵，還是聽得一清二楚。

急促的喘息聲並不是那個受害者發出來的，對方只顧著放聲大叫，根本沒有餘力去換氣。而且喘息聲非常多，不僅僅是一個人，像是有很多人聚在一起。

那是種低沉、悶悶的感覺，無論你躲在什麼地方，都能感覺到「聲音」就在你耳邊。

直到慘叫聲和喘息聲完全遠離，走廊恢復平靜後，他才一邊顫抖，一邊慢慢把手放下來。

此時的他腿已經軟了，根本沒有力氣站起來，就只能這樣縮在原地，緊緊抱著自己，試圖讓受到恐懼摧殘的心恢復平靜。

明明這裡並不是很冷，但手腳卻冰冷得像是待在十幾度的冷氣房裡。

可怕……好可怕……

想回家……想要離開這裡……

為什麼會遇到這種事……

這幾個想法不斷在腦海中迴盪，結果便是不但沒能成功冷靜，反而更加恐慌了。

「嘎——」的一聲，教室門被人輕輕推開。

已經被恐懼籠罩的他只能手腳並用地爬開，遠離那扇門。

有個人影走進來，環視教室後，很快就與貼著牆壁縮在角落的他四目相交。

他害怕到發出無聲的慘叫，直到對方靠近，才發現那是和自己一樣的普通人類。

「噓，別出聲，我不是那些怪物。」

「呃啊啊……差點被你嚇死……」

不知道是不是因為多了同伴，緊張的心很快就放鬆下來。

他輕拍胸口，雖然雙手還在顫抖，但已經比剛才冷靜不少。

對方在他身旁坐下，與他肩並肩。

兩個人沒有對話，只是就這樣安靜地待在教室角落，直到那悶悶的喘息聲再次接近教室。

他嚇了一跳，臉色鐵青。

而身旁的人卻面不改色，壓住他的肩膀示意他不要出聲。

喘息聲似乎沒有發現他們，慢慢遠離，兩人這才鬆口氣。

「這附近很危險，我打算到二樓去看看，你呢？」

「不……不了，我要待在這裡，哪都不去。」

「好吧，那麼你小心點。」

這個人比他想的還要勇敢，反觀自己，竟然如此懦弱，但這都是為了活下去。

誰都不知道被外面那些「怪物」抓到後會發生什麼事。

「等、等等，你叫什麼名字？」

想著就算再也見不到對方也無所謂，都是被困在這裡的同伴，有個認識的人心裡會比較輕鬆。

對方蹲著對他笑了笑，回答：「我叫杜軒，你呢？」

「梁宥時。」他想笑，卻怎麼樣也笑不出來。

為什麼這個人能夠如此游刃有餘？甚至在這種情況下，還能笑得出來？

他想著這些事情，慢半拍地發現對方已經離開了。

教室內再次鴉雀無聲，周圍陷入無盡的黑暗，甚至快要無法感覺到自身的存在。

就這樣，梁宥時伴隨著未知的恐懼，重新回到孤身一人的狀態。

第一夜

永夜校舍（上）

深夜的校舍，隱藏著許多不為人知的祕密，但無論是多麼令人畏懼的黑夜，終會等到太陽升起的那一刻，它會沖散黑夜，為人們帶來希望。

——但，這是「正常」情況下才會發生的事。

杜軒蹲低身體，貼著教室外的牆壁慢慢往前挪動。教室裡全都是駝背的黑色人影，不時抽蓄、抖動，並發出不明所以的喘息聲。

喘息聲悶悶的，聽起來像是被掐住了喉嚨，很難想像是從那細到跟樹枝差不多的脖子裡發出來的聲音。

那是被稱為「怪物」的存在，它不是生物，更正確來說，它沒有「生命」。

一旦被纏上，就很難擺脫，大部分的人不是被糾纏到死亡為止，就是直接被吞噬，所以最好的辦法就是躲開它。

幸好黑色人影的視覺並不靈敏，耳朵也不太行，只要別發出太大的聲響，基本上就可以順利繞過去。

剛才在一樓的時候，有個人很不幸地被黑色人影發現，在走廊上大叫逃竄，把徘徊在樓梯口的黑色人影引走不少，這才讓杜軒順利進入二樓。

杜軒的目的很簡單，就是找到能夠消滅所有黑色人影的詛咒物品，而這也是逃離這棟校舍的唯一辦法。

沒有理由，也沒有原因，畢竟「遊戲」就是這麼進行的。

他跟剛才躲在一樓教室裡以及尖叫逃走的人一樣，都是被扔進這棟校舍的受害者，只不過進入這裡的先後順序有些不同罷了。

像他們這樣的人能夠沒有限制地被帶進來，反正數量只會減少，不會增加。因為被那些黑色人影吞噬的人，比扔進來的人還要多。

杜軒在爬上二樓前就已經找到校舍的樓層介紹告示板，知道這裡總共有五層，搜索起來十分費事，但他沒有選擇。

他剛才在二樓樓梯口稍微停頓，仔細聽樓上的聲音，卻只能聽見自己的呼吸聲，四周圍安靜到可怕的地步，很難想像這裡除了他之外還有沒有其他人。

不，嚴格來說確實有其他人，那個尖叫逃竄的，還有躲在一樓教室裡的。

這樣想想，心裡就稍微輕鬆了點，但真的只有「一點點」。

杜軒已經不是第一次進入這種空間，所以對這些事相當習慣，自然能比其他人更冷靜應對。要不然正常來說，一般人幾乎都會選擇躲起來，或是陷入恐慌才對。

雖然每次被帶到的地方都不同，可是基本模式都一樣，而那些「怪物」也都只有型態上的不同而已。

駕輕就熟的杜軒，很快就搜查完二樓。

沒有找到「詛咒物品」，也沒看到其他人影。

於是，他上了三樓。

三樓和二樓差不多，但黑色人影數量偏多，害杜軒沒辦法好好進行搜查。

無可奈何之下，他只好繼續往上爬，可是通往四樓的樓梯口卻被堆疊起來的課桌椅擋住，完全爬不過去。

校舍並不是只有一道樓梯，不過想到達另外一側的樓梯，就必須穿過教室走廊。

當他回到黑色人影較少的二樓時，那些被引開的黑色人影已經回到原本的地方，安靜地徘徊在走廊上。

杜軒被卡在二樓和三樓的樓梯間，苦思接下來該怎麼做才好。

「只能想辦法穿過障礙去四樓嗎……」他摸著下巴，小聲自言自語。

看樣子眼前只剩下這個選擇，他不可能冒風險穿越黑色人影群。

然而，挪動課桌椅反而會發出聲響，引來更多黑色人影，在無路可逃的情況下，如果速度不夠快，就會被它們抓住。

杜軒左右為難，苦思解決辦法，但看樣子現在只能先暫時回一樓看看情況。

一樓的黑色人影數量比較少，雖然不懂為什麼會這樣，不過這對他來說是件好事，至少有個能夠喘息的地方。

總之，先回去找梁宥時吧。

杜軒剛來到這棟校舍沒多久，就聽到走廊傳來尖叫，以時間上來說，他應該是最晚抵達這個地方的人，那麼去見梁宥時、多蒐集一些情報，也是個辦法。

做出決定後，杜軒回到一樓。

果然就如同他所料，一樓見不到什麼黑色人影，但仍舊黑漆漆的，沒多少光線。大門上雖然有大片玻璃窗可以看見室外，不過別想著能看到風景之類的，因為外面什麼也沒有。

彷彿整個世界就只有這棟校舍存在。

杜軒照著原路來到遇見梁宥時的教室，當他小心推開門的時候，卻發現對方已經不在教室裡了。

「是轉移到更安全的地方去了嗎？」杜軒轉頭查看，確定梁宥時真的不在後，重新回到走廊。

從他們分開時的情況來看，梁宥時應該不可能會離開安全的地方才對，除非他認為這間教室不再安全，又或者是——

杜軒甩甩頭，撇開最壞打算。

找不到梁宥時，杜軒只好往校舍另一側的樓梯走過去。

總之先確認四樓的情況，再回頭找梁宥時也不遲。

結果，事情並不如他想的那樣順利，因為另外一側的四樓樓梯口也被堆疊起來的課桌椅堵住，完全跨不過去。

看樣子要從樓梯到達四樓以上的樓層是不可能的，這下真的頭痛了。

不過，看起來是有人刻意把樓梯口封住，是要確保上層的安全，還是說想把什麼東西堵在四樓，不讓它下來？

兩種都有可能，但杜軒打從心底希望不會是後者。

「總而言之，得上四樓去看看。」

二樓和三樓的黑色人影數量很多，所以杜軒可以確定梁宥時九成以上會待在一樓，於是他仔細搜索，同時也保持警戒。

很快的，他發現走廊和牆壁上有類似粉末炸開後留下的痕跡。

這是人被「怪物」吞噬後的殘跡，看來尖叫的那個人已經被它們解決掉了。

在這個空間死亡後，人會直接灰化成粉末，連點渣都不剩。

就像這樣。

「手機？」

雖然很暗，但地上的粉末中確實躺著一支手機。

螢幕邊緣有點破裂，可是還能使用，更重要的是沒有螢幕鎖，一點就能開啟。

杜軒稍微查看裡面的軟體，沒想到就只有一款 APP，連手機最基本的系統設定、相機、電話功能等等都沒有。

對此，杜軒並不覺得奇怪，畢竟這個空間本身就不是什麼正常的地方，用「正常」的標準來判斷這裡出現的東西，才是最奇怪的。

「SCHOOL？軟體名稱還真簡潔有力。」

因為是在學校，所以 APP 才會叫這個名字？

不知道該說它幽默還是隨便。

杜軒原本想點開來看，卻聽見前面的隔間傳來聲響。

並沒有很大聲，就像是東西不小心碰撞到而發出的聲音。

保險起見，杜軒先把手機收進口袋，躡手躡腳地靠近。

門口上的牌子寫著「教職員室」，奇妙的是，這裡的門沒有關上，窗戶玻璃也都被打碎，除面向外側的那排窗戶，沒有一扇是完整的。

裡面並沒有黑色人影，但是給人一種討厭的感覺。

就像剛才在走廊上發現的粉末，辦公桌邊跟鐵櫃邊都有同樣的痕跡存在，而且數量繁多，這讓杜軒忍不住想像，曾經有許多人躲在這裡、卻因為無法逃跑而被黑色人影全部吞噬的畫面。

他甩甩頭，不再繼續想像下去。

可能是因為知道這裡死過很多人的關係，教職員室的氣溫感覺格外低，杜軒才剛走進去就冷得有些受不了。

「……看起來梁宥時不在這。」

正當杜軒打算離開的時候，又傳來「咚」的一聲。

這次他聽得很清楚，就連方向也能判斷出來。

他朝聲音來源走過去，隨手拿起辦公桌上的鐵尺當作武器——雖然看上去沒多少作用，但至少拿著能讓他安心點。

一步、兩步、三步……

咚！

這次聲音更清楚了，是從他面前的鐵櫃中傳出來的。

鐵櫃上原本有掛名牌，但上面的字體已經毀損，沒辦法看清楚名字。

杜軒打開來，櫃子裡面只放著一樣東西。

一個上鎖的鐵盒，鐵盒上面則是有好幾個向外凸出的痕跡，就像是裡面關著某種生物，力氣大到能把鐵盒撞到變形。

咚！

這次杜軒被聲音嚇到，清楚看見鐵盒動了一下。

他當下覺得不太妙，急忙關上櫃門，卻還是沒能來得及。

鐵盒的蓋子終於被撞開，從裡面飛出大量的蒼蠅，直撲向杜軒的臉。

杜軒急忙蹲下閃過，順手把櫃門關起來，並用鐵尺將把手的部分扣住。

幸好鐵尺的寬度剛剛好，能夠牢牢地卡在櫃門把手上，但還是已經有部分蒼蠅飛了出來，在天花板上盤旋。

這些蒼蠅的目標並不是杜軒，而是散落在周圍的粉末。

它們開始大口吃著，飢腸轆轆的模樣，像是很久沒有進食。

而吃了粉末的蒼蠅，從體內鑽出黑影，並慢慢向外擴大，最終化為人形——

這下杜軒終於知道那些黑色人影是怎麼弄出來的，原來就是這些蒼蠅！

杜軒想也沒想，立刻跑出教職員室，他奔跑的聲音很快就吸引了蒼蠅的注意力，但它們只是看著杜軒離開，沒有追上去，更專心在「進食」之上。

原來一樓並不是沒什麼黑色人影，而是有人把它們抓住並關起來，所以一樓的數量才會這麼少！

雖說沒有全部被放出來，可是逃脫的數量還是足夠對他造成威脅！

「該死！運氣真差！」

杜軒咬緊牙根，大腦快速運轉，最後在經過樓梯時，偶然發現樓梯下有個隱藏小門，看起來像是堆雜物用的空間。

比起教室，這種地方還比較安全一些，於是杜軒立刻衝過去打開門，二話不說躲進去。

裡面的空間還算大，他就算站著也不會撞到頭。

可能是太過緊張的關係，他有點喘不過氣，稍微休息幾秒後才抬起頭，結果立刻被盯著他看的一雙眼嚇到。

他狠狠抖了一下肩膀，對方露出甚至比他還恐慌的表情，直到看清楚彼此是誰。

「梁宥時？」

「杜軒！」

沒想到會在這種地方找到梁宥時，真的是誤打誤撞。

梁宥時看起來沒什麼大礙，倒是有些驚魂未定。

回過神來的兩人，眼角餘光看見走廊上有黑影靠近，急忙同時把門關上。

視野瞬間漆黑，伸手不見五指，杜軒只能勉強在黑暗中抓住梁宥時的手。

「呃、好暗……什麼都看不到。」

「會嗎？周圍不是有亮光嗎？」

梁宥時的反應和他不同，這讓杜軒立刻察覺彼此之間有差異。

他垂低眼簾，「你說的『亮光』是什麼東西？」

「不知道，就好像我的身體會自主發光一樣，手臂能張開的範圍我都能看得很清楚，難道你不是這樣？」

「……不，我現在看著你可沒見到什麼光。」

「什、什麼？」

梁宥時一臉驚恐，深怕自己誤觸什麼，又或者是要變成怪物了，嚇得臉色鐵青。

杜軒看不清楚他的表情，但從抓住梁宥時的手可以感覺到他正在顫抖。

他更用力地握住那隻冷冰冰的手，堅定地回答：「用不著擔心，這是好事，對你沒有損失。」

「我、我還以為我整個人閃閃發光，很容易被察覺……所以才躲到這裡來的。」

「沒這回事，你大可安心。」

「我為什麼要相信你？」

杜軒有些意外，他沒想到梁宥時竟然對他有戒心。

看來梁宥時並不只是膽小，還有點腦。

「抱歉，雖然這樣說沒什麼用，但我沒有讓你相信我的手段。」杜軒邊說邊鬆開抓住他的手，從口袋裡拿出手機，利用手機螢幕的燈光，好不容易才照亮眼前的空間，以及梁宥時因恐懼而糾結的臉。

梁宥時慢慢後退，直到完全沒入黑暗中，看樣子在取得他的信任前，他是不會再接近自己了。

只不過分開短短幾分鐘，杜軒沒想到梁宥時竟然有這麼大的變化，到底發生了什麼事？

可惜，現在沒時間讓他想太多，繼續躲在樓梯底下並不是最好的辦法，他還是要想辦法往四樓方向前進才行。

話又說回來，這支手機上的APP究竟有什麼功能？

才剛思考這個問題，手機就突然震動，APP右上角顯示一個未讀通知。

杜軒雖然有點在意躲在暗處的梁宥時，但還是選擇打開APP。

原來這個APP裡面是校舍地圖，除此之外還有幾個會移動的標幟，四樓以下的標幟是深紫色、看起來有點像外星人頭的圖樣；四樓以上則是黃色的普通圓點，而且基本上都集中在某間教室，兩側樓梯則是各有兩個，感覺像是有人駐守在那。

除此之外，四樓以下也有幾個黃色圓點，但比較分散。

有兩個圓點在一樓樓梯底下的位置，這讓杜軒有些在意，便刻意移動幾步，果然，樓梯下的黃色圓點也跟著移動。

「黃色是人，紫色是……怪物嗎？」

杜軒大概理解了。

不過，地圖上並沒有顯示他剛才遇到的那些蒼蠅，也就是說，那些東西不算是「怪物」，所以並不會顯示出來。

這樣的話就表示，地圖並不保證一定準確，應該說它只顯示部分資訊。

杜軒回想著自己剛才到四樓樓梯口的時候，並沒有聽見後面有任何人的聲音，當然，他也沒有嘗試出聲，就怕把怪物引來。

如果那時候他發出聲音的話，不知道會不會得到回應。

「還是先別想這些了吧。」

杜軒果斷放棄跟其他人會合的想法，仔細觀察地圖，試著找出更多可用線索。

這張地圖比他之前看到的樓層圖還要清楚，更重要的是能夠帶著走，但既然有這麼方便的道具，為什麼那個人還會被怪物發現？

還是說，對方也只是因緣巧合撿到這支手機，還來不及使用就死了。

不管怎麼說，這支手機對他來說是條救命繩索，或許能藉此找到其他方式上四樓。

除地圖之外，APP右上角的三條橫線仍顯示著一則訊息未讀，杜軒便點開來看。

畫面跳到像是通訊軟體的介面，上頭只有一個群組，群組名稱顯示共有十七個人在裡面，還挺多的。

未讀訊息就是從群組裡傳來的，杜軒點開群組，發現裡面只有一則訊息。

沒事吧？

簡單的三個字，看起來像是試探性的詢問，卻能夠讓人從文字裡感受到對方的擔憂與顧慮。

杜軒試著回覆訊息。

你是誰？

他傳出去的訊息很快就被讀取，卻久久沒有得到回覆。

杜軒不可能一直等待下去，只能暫時不理會。

「我要離開這裡，到樓上去，你要跟我一起走嗎？」

梁宥時搖搖頭，「我要在這裡，這裡很安靜……很安全……」

「躲著也不是辦法，想離開的話，就必須往上走。」

「我為什麼要相信你？」梁宥時開始懷疑杜軒，「你看起來很熟悉的樣子，很奇怪。」

「如果我解釋的話，你會相信我的片面之詞？」

「不會。」

「那我們就別浪費彼此的時間。」

杜軒放棄和梁宥時交涉。

明明躲在教室裡的時候，聊起來還沒這麼有隔閡感，現在卻充滿著拒絕他的態度，讓他束手無策。

「這次你乖乖留在這，別隨便移動，我會再來找你。」

「不用，離我遠點就好，你會把那些怪物引過來的。」

「你不想離開這裡？」

「就算想，也離不開的吧。」

梁宥時的眼中沒有半絲希望，就像是接受了眼前的事實。

杜軒沒時間安慰他，或許是因為過度恐懼，讓梁宥時產生了悲觀的想法，但只要他能順利找到安全上四樓的路，梁宥時或許會改變主意。

杜軒慢慢打開門，藉由手機 APP 的地圖輔助，確認附近怪物的動向後，躡手躡腳前進。

如果地圖顯示無誤的話，廁所裡面有一扇暗門。

為什麼他會知道？因為地圖上就畫著一扇門，只是門的位置很明顯不正常，所以他才會認定是暗門。

但是移動過去有很大的風險，除了得經過教職員室之外，廁所還在校舍最角落的位置，如果被怪物發現的話，他必死無疑。

正因為如此，他更需要小心前進，每步都要走穩。

怪物的數量果然比之前多很多，直接穿越過去是不可能的，只能想其他辦法。

杜軒進入樓梯旁的教室，從裡面撿點東西來用。

其中一張課桌抽屜塞著一個斜背胸包，剛好能把撿到的物品放進去。

準備得差不多之後，杜軒再次拿出手機確認怪物的位置。

教室外面沒有怪物，時機正好。

他撿起掉在地上的板擦，站在教室後門，用力扔向與樓梯反方向的走廊。

「匡啷」一聲，雖然不是很響亮，但足夠吸引周圍的怪物。

它們朝板擦的方向衝過去，躲在教室的杜軒用手機確認怪物都離開後，立刻從前門溜走。

杜軒經過剛才躲藏的樓梯，來到另外一側，這邊的走廊比較短，大概只有三個隔間，接著就能看到盡頭的牆壁。

廁所就在盡頭處。

三個隔間看起來像是教室，但裡面空蕩蕩的，什麼也沒有。

地板和牆面上有很多粉末，比之前在教職員室看到的還多。

踩在上面就像是踏過屍體，讓人渾身不自在，不過因為視線不佳，杜軒就算踩過去也沒什麼感覺。

手機上的地圖顯示，被引開的怪物已經逐漸開始返回，於是杜軒立刻進入廁所，將門關好。

廁所門上沒有玻璃，看不見外面走廊，無法確認情況，但對他來說沒差。

地板是溼的，踩起來有水聲，不過只要慢慢走的話聲音就不大，怪物聽不見。

杜軒很快就明白原因，洗手臺的水龍頭被破壞，水就是從裡面流出來的。

可能是因為水塔已經流光的關係，水龍頭只剩偶爾幾滴水輕輕墜落。

除了洗手臺毀損之外，天花板也破破爛爛的，甚至有幾處破洞。

至於廁所隔間的部分，共有六間，左右各三。

一扇門反鎖、兩扇門被破壞、三扇門半開。

隱藏的門是在被反鎖的那間，所以杜軒沒有去檢查其他間廁所。

畢竟除了他的腳步聲之外，就只有水滴聲響，比起外面相對安全很多。

他抬起頭看著反鎖隔間門上方的空隙，推開隔壁間的門，一腳踏在馬桶上，直接跳進去。這間隔間並沒有馬桶，反鎖的門把被人悍上，完全無法推開。

很奇妙的是，地圖上顯示的隱藏門位置，就是那扇被悍死的門。

杜軒剛開始並不知道，因為門在地圖上的位置重疊，直到進入確認後才發現。

「真奇怪……」

「該說這句話的應該是我才對。」

突然，頭頂傳來說話聲，差點沒把杜軒嚇死。

他心驚膽顫地緊貼牆壁，這才發現廁所天花板的洞口居然探出一顆人頭。

對方皺著眉頭，一副無法理解為什麼杜軒會在這的神情，直到他看見杜軒拿著的手機。

「你為什麼拿著那支手機！」雖然他已經試圖壓抑音量，但還是能聽得出語氣有多激動。

杜軒不敢隨便回答，只能老實告知自己撿到手機時的情況。

對方很快就相信他說的話，並不悅地咂舌。

「我就知道那傢伙不行，派他下來果然不是什麼正確決定。」

「你們是從幾樓來的？」

「四樓。」對方很爽快地告訴杜軒，並對他說：「之前沒見過你，你是新來的？」

「對，不過我不太確定過了多久時間。」

「沒差，這裡沒人會去在意那種事，活著比較重要。」

「我之前也想去四樓，但樓梯口都被堵住……是你們做的？」

「嗯，這樣的話多少能阻擋那些怪物爬上來，它們很笨，有阻礙的話就會直接當成死路，不會強行突破。」

對方接著說：「你既然有手機的話，就應該知道我們樓上有多少人。」

「……我是知道。」

「你想加入嗎？」

「聽你這樣說，就表示有條件？」

「呵，很聰明嘛你。」對方笑道，「看來你應該會比之前死掉的那傢伙有用。」

杜軒不是很喜歡他的說話態度，就像是在利用人一樣，但現在的他別無選擇。

「你去完成那傢伙原本要做的事，這樣的話我就把你拉上來。」

「可以是可以，但除了我之外，還要多帶一個人。」

「躲在樓梯底下那個？」

杜軒皺起眉頭。

看這樣子，對方有很高機率也持有「手機」，否則不會這麼清楚一樓的情況。

「你要我做什麼？」

「另外一側的樓梯底下也有一扇門，那扇門裡面有樣東西，你要拿過來給我。」

「是什麼東西？」

「你去看了就知道。」

對方神祕兮兮地笑著，讓人懷疑他究竟是真的很想取得那個東西，還是單純只想耍人玩。

杜軒嘆口氣，接受對方提出的條件。

「知道了，我去拿。」

「你可別像之前那個笨蛋一樣死得那麼快。」

「……盡力而為。」

杜軒再次從隔間上面跳出去，只不過這次比較辛苦，因為沒有坐式馬桶可以墊腳，他花了點時間才爬出來。

雖然有些狼狽，但也不是完全沒收穫。

至少，他得到去四樓的線索，剩下的只要完成對方的要求就好。

杜軒深吸口氣，慢慢吐出，用手機確認外面走廊沒有怪物後，打開廁所門走出去。

走廊仍然很暗，幾乎看不清腳下，但幸好校舍內部並沒有彎彎曲曲的路線，而是直線走廊，所以即便視線不佳也很好行動。

之前被聲響引開的怪物已經回到走廊上徘徊，杜軒根據它們的行動路線，悄悄躲進空教室，一點一點緩慢前進。

如果是其他人的話，肯定不能像他這樣行動，他真的是例外，也可以說像是開外掛一樣的存在。

不過，他也只是很熟悉這些怪物的存在，以及這種恐怖氣氛而已，其他的部分其實就跟普通人沒什麼不同。

杜軒用剛才的方式，持續在自己的後方製造聲音，把怪物引開，就這樣順利地通過走廊。

這樣做很浪費時間，但相對安全許多，加上有手機輔助，他行動起來也更有把握。

杜軒通過梁宥時躲藏的樓梯口時，還順便用手機確認他是不是還在裡面。

看樣子這次他是真的鐵了心不想離開，黃色圓點動也沒動。

杜軒繼續往前走，經過教職員室的時候特別緊張，不過並沒有聽見撞擊聲，而且之前在這裡吸食粉末的蒼蠅們也都不見蹤影。

從地圖上並沒有看到附近有怪物的標幟，大概是四散了吧。

杜軒才這樣猜想著，沒想到下一秒就突然發現眼前有黑影在晃動，嚇得他立刻躲進旁邊的教室裡。

巧的是，這裡就是他遇見梁宥時的那間教室。

杜軒拿起手機確認，不禁冷汗直冒。

「該死，果然這東西不可靠……怪不得之前那個人還是被怪物發現了。」

他很確定外頭的走廊有怪物在，但手機卻沒有顯示出來。

要不是他反應快，很有可能也會被發現，落得與之前的人同樣下場。

太過依賴科技產品果然不是什麼好事，不過，剛才走過來的路也很長，他卻沒有遇到這種情況。

至此，杜軒有了個不祥的猜測。

難道說——剛才看見的那隻怪物，有能夠迴避手機定位的功能？

杜軒看著手機思考這個可能性，接著他發現有黃色圓點正從旁邊的樓梯走下來，緩慢接近他這邊的走廊。

他立刻起身往黃點的位置小心走過去，果然看到有人呆頭呆腦地在走廊上徘徊。

杜軒迅速把對方拉入剛才躲藏的教室，見這個人還想開口說話，就用手把他的嘴摀住。

背後寒毛直豎，甚至有一絲冰涼感，這是有怪物經過時的感覺。

既然手機無法顯示，杜軒就只能依靠最原始的直覺來躲避。

等了幾分鐘，怪物這才終於離開附近，杜軒也把手放下來，大大鬆口氣。

「呼……應該暫時沒事了。」

他靠手機螢幕的亮光來增加可見度，也看清楚了剛才拉進來的人。

對方的身材比自己壯碩，還穿著軍服，看起來就像是從戰場上回來的軍人，而且左眼還戴著眼罩，似乎受過傷。

杜軒見對方一臉狐疑地盯著自己，便勾起嘴角苦笑。

「抱歉，突然拉住你，剛才情況有點危險，所以來不及解釋。」

「危險是指那個黑糊糊的人影嗎？」

「對。」杜軒覺得他的說法有些奇怪，但沒有想太多，「我現在要去前面的走廊，你如果要找地方躲的話，就回到剛才你下樓的那個樓梯，底下有個小房間可以躲人。」

「……你不去躲？」

「不，我還有事要做。」

獨眼男人思考片刻後，對杜軒說：「我跟你去。」

「欸？」杜軒愣住，他沒想到對方會想要一起行動。

不但如此，這個男人很冷靜，從容不迫的模樣讓人有些困惑。

杜軒突然覺得自己可能有點危險，但也不可能現在就逃離這個男人身邊。

他只能答應對方。

「好吧，但要小心點。」

「這點小事難不倒我。」

「……你剛才可是傻傻地到處亂走。」

「嘛，因為我不知道要往哪走比較好。」男人搔搔頭，一臉無奈，但很快他就發現問題，皺眉問：「話說回來，你為什麼會知道我在那？」

方向不同，又有段距離，加上他的腳步聲不大，照理來說躲在教室裡的人應該聽不見才對，但杜軒卻飛也似地出現在他眼前，立刻就拉著他躲進來，怎麼想都不合理。

「是手機顯示出你的位置的。」

「手機？」

杜軒點開 APP 給他看，這才讓對方相信了。

「我們走吧，得在那個怪物回頭前過去才行。」

比起這個男人，杜軒還是覺得剛才的怪物比較棘手。

總之他現在也沒時間考慮太多，先完成目標才是最重要的。

第二夜

永夜校舍（中）

杜軒在移動的這段時間裡，得知了男人的名字。

這個看起來有點凶惡的男人叫做夏司宇，就如同他的穿著打扮一樣，是名軍人。

他們只有簡單了解彼此的名字和身分而已，除此之外沒有問其他事，包括為什麼會到這個地方來。

不過，現在讓杜軒擔憂的問題，不只那個無法顯示位置的怪物，還有這名叫做夏司宇的陌生男人。他總覺得，夏司宇和這個地方有種微妙的違和感。

希望不是他心裡想的那種可能性。

兩人順利來到校舍另一側的樓梯下方，但是這裡並沒有門，當然不可能有什麼隱藏房間。

難道說那個奇怪的男人是故意想害死他，所以才會要他到這裡來嗎？

杜軒望著沒有躲藏地方的樓梯，冷汗直冒，他身旁的夏司宇倒是很安靜，完全不擔心危險靠近，就只是這樣靜靜地看著杜軒，像是在觀察他。

兩人都可以感覺到黑色人影正在靠近，而繼續站在這的他們，百分之百會被發現，到時候就算想逃也逃不掉。

「差不多該走了。」夏司宇一邊注意走廊情況，一邊提醒杜軒。

杜軒摸著下巴思索，「再給我幾分鐘。」

「幾分鐘後『那些東西』就要經過這裡了。」

「我知道。」

杜軒怎麼想都覺得奇怪，照理來說不該是這樣才對，便用雙手掌心貼在牆壁上，不斷摸索。

突然，平坦的牆面瞬間下陷，杜軒一個腳步不穩，就這樣往牆壁裡面摔進去。

夏司宇見狀伸手想拉住他，卻腳下一絆，兩人雙雙消失在牆壁裡面。

凹陷的牆面在兩人消失後恢復原樣，在這之後不到十秒，黑色人影緩緩路過。

黑色人影扭頭看了一眼兩人消失的地方，很快就離開，毫不留念。

「痛……痛死我了。」

杜軒撲倒在地上，忍著發麻的下巴爬起身。夏司宇則是因為即時鬆手，所以不像他摔得那麼慘，反而穩穩地站在原地。

他可以感覺到黑色人影在外面看著這個方向，似乎沒有發現他們的樣子。

接著，他才困惑地看著這片隱藏在牆壁裡的空間。

這裡明明是樓梯的正下方，空間卻很大，不僅如此，視線也比外面清楚很多。更讓人感到詭異的是，整個空間就只有中央放置的一張課桌椅，除此之外什麼東西也沒有。

杜軒爬起來之後，也因為這樣的畫面而感到吃驚，但他很快就恢復冷靜。

怪不得那個男人會說「看了就知道」，他當時就覺得有些不對勁，現在更能確定了。

——那個男人，百分之百來過這個空間，要不然也不會如此了解。

可問題是，既然他來過，為什麼沒有順便拿走他要的東西？

杜軒產生疑心，他不是很喜歡這種感覺。

「那就是你要找的東西嗎？」

「大概吧。」

杜軒靠近這張孤零零的課桌椅，坐上去。

嗯，沒什麼感覺，也沒有發生什麼奇妙的事，他就只是單純地「坐」著而已。

夏司宇在旁邊看著，覺得這畫面滿搞笑的，努力強忍著不要笑太大聲。

「這桌椅跟你的身材真不搭。」

「我自己也知道！別笑啦！」

這很明顯是國小用的課桌椅，但他在校舍裡看到的課桌椅都是偏向國中以上的尺寸，很顯然，「它」並不屬於這個地方。

杜軒覺得自己很蠢，加上又沒有發生什麼事，於是便打算起身，但沒想到大腿居然卡住，害他站不起來。

夏司宇見狀，只好先放棄嘲笑他，走過來架住他的腋下，把杜軒像個小孩子一樣提起來，這才讓他順利脫困。

「什麼也別說。」

「我本來就沒打算說什麼。」

杜軒充滿怨念的眼神投向夏司宇，但夏司宇已經收起笑容，變回之前那張不太愛笑的臉。

「所以，你到底要找什麼？」

「我也不太確定。」

杜軒老實回答，夏司宇不耐地皺起眉頭。

他無視夏司宇的不爽，發現課桌椅旁掛著一個長方型書包。

書包的款式很老舊，就像他以前小學時用的那種壓釦開啟的塑膠書包，從現在的角度來看，還真的滿讓人懷念的。

反正這裡也沒有其他東西，杜軒乾脆就翻翻看書包裡面有什麼。

結果，他拿出了白色測驗紙和長方型鉛筆盒，還是那種有很多按鍵的玩具型鉛筆盒，完全勾了起他的童年回憶。

「呃、這是什麼？」夏司宇完全看不懂，似乎沒見過這些東西。

杜軒還來不及回答，整個空間突然像是打開電燈一樣亮起來，視野一清二楚，而原本只有單張課桌椅的地方，瞬間排滿整齊的一排排課桌椅，看起來就像間完整的教室。

兩人都被這突發情況嚇了一跳，但沒有太多時間思考，因為黑板上方的喇叭傳來下課鈴的聲音。

就像是遇到黑色人影時的寒冷感，彷彿整間教室的氣溫突然下降十度，令人忍不住顫抖。

杜軒抬起頭，面向教室的走廊窗戶趴滿許多孩童的臉，每個人都兩眼無神地盯著他們，就像是在觀察被困住的動物。

他警覺事態不對勁，側臉流下冷汗。

「我是不是不該來這裡……」

「現在才後悔已經太遲了。」

「說得也是。」

這種恐怖的畫面，換作是普通人見到肯定會發瘋。之前那個人或許就是因為被嚇到才會慘叫，接著被黑色人影追殺，把自己逼上絕路。

杜軒雖然已經不是第一次參加這種「遊戲」，但就是沒辦法習慣這種突如其來的恐怖發展。

就算習慣，也不代表不會害怕。

「喂。」

夏司宇喊了一聲，才把杜軒的思緒拉回來。

杜軒有些恍神，轉頭看著夏司宇。

就在兩人互相注視的時候，眼前的課桌椅上突然冒出了一隻全身漆黑、沒有眼睛和嘴巴的黑色人影。

杜軒下意識閃得老遠，還很狼狽地撞倒旁邊的課桌椅，整個人摔成一團。

夏司宇倒是沒什麼反應，站在原地嘆口氣。

「你在幹嘛？」

「啊哈哈……」

杜軒全身都痛到不行，很努力才爬了出來。

他看見坐在課桌椅上的小小黑色人影似乎在笑他，雖然沒有聲音和表情，但肩膀抖動的動作還是滿明顯的。

然後，他聽見了「聲音」。

「大哥哥，真有趣。」

杜軒猛然抖了一下身體，再次抬起頭來，小小的黑色人影只是望著他。

「剛才……是祢在說話？」

黑色人影並沒有回答他，反而是走廊那側的窗戶傳來了拍打聲響。

夏司宇望過去，臉色不太好看。

「看樣子外面那些東西打算強行闖進來。」

「什麼意思？」

「這間教室似乎有某種力量把那些東西阻擋在外面。」夏司宇邊說邊低頭看向黑色人影，「是祢做的好事吧？」

不想理會杜軒的小小黑色人影，乖巧地點頭回應夏司宇。

這讓杜軒心裡有點不平衡。

「外面那些人的『感覺』，和之前在走廊上看到的那些東西很像。」

「你是指它們跟怪物是一樣的東西？」

「嗯，大概是。不過它們想要闖進來可能就是因為它。」

夏司宇對黑色人影說：「祢是它們的目標，我沒說錯吧？」

小小的黑色人影再次點頭，它似乎很喜歡夏司宇，主動起身撲進他的懷裡。然後，由人形變成了一顆散發著微弱白光的球體。

那是「靈魂」。

「為什麼這小鬼會這麼喜歡你啊……」

「大概是因為你看起來很不可靠的關係。」

「我、我才沒這麼笨拙！」

杜軒想為自己辯解，但說實話，以目前的情況來講，他真的沒什麼好解釋的。

夏司宇盯著飄浮在眼前的白光球體，指著它問道：「這就是你要的東西？」

「應該吧，總之我們先離開這裡。」

白光球體似乎理解了杜軒的意思，「唰」的一聲將白光擴散開來，瞬間就吞噬了兩人的身體，刺眼的光線讓他們睜不開眼。

當白光散去，四周再次恢復黑暗後，杜軒和夏司宇也回到了原本所待的樓梯口。

然而，在這裡等待他們的並不是安然無恙的美好時光。杜軒之前閃躲的那隻黑色人影，正佇立在眼前，直勾勾地盯著兩人，就像是知道他們會從這裡出現一樣。

杜軒當場無法動彈，腦海一片空白。

——這也未免太剛好了吧！

黑色人影先是歪頭觀察他跟夏司宇，接著迅速朝兩人撲過來。

比起還在發呆的杜軒，夏司宇先有了行動。

他立刻撈起杜軒，順勢翻過扶手踏上樓梯，往二樓狂奔。

黑色人影的速度很快，身體軟綿綿得像是水做成的，眨眼間就追上了他們。

夏司宇雖然扛著杜軒，但還是跑得飛快。

黑色人影緊跟在後，只要稍微停頓半秒，就會被吞噬。

不僅如此，他們全力狂奔製造出的噪音，也驚動了二樓的其他黑色人影，它們一下子就聚集過來，封鎖了兩人的逃跑路線。

走廊左右兩側都被黑色人影占滿，夏司宇果斷改變目標，衝進距離最近的教室。

黑色人影塞滿教室外的走廊，夏司宇雖然及時將門關上，但它們全都緊貼在窗戶上，直勾勾地看著裡面。

這景象，簡直就跟剛才遇見小小黑色人影時一模一樣。

「門擋不了它們太久。」

「我知道！放我下來！」

杜軒在他肩上掙扎，夏司宇這才鬆開他。

不得不說，杜軒很感謝夏司宇，如果不是他剛才及時逃走，自己恐怕早就沒命了。

「要從窗戶跳下去嗎？這裡是二樓，應該不會摔死。」

「不，『遊戲』範圍只有校舍內部，窗戶跟門都打不開，而且也不能確保外面是什麼地方、會有什麼。」

「那要怎麼辦？」

「怪物的視力和聽力都不好，我們要利用這點。」杜軒打開放置在教室最角落的鐵櫃，把裡面的東西全部搬出來，隨手扔在地上。

「躲這裡。」

「你認真的嗎？」

那種一看就很容易被發現的躲藏地點，居然就是杜軒口中的「好辦法」？夏司宇半信半疑。

但是來不及等他做出決定了，因為教室門已經產生裂縫，眼看就要被破壞。

杜軒情急之下，直接把夏司宇拉過來，推進鐵櫃，自己也立刻擠進去。

就在他關上櫃門的瞬間，教室的門被破壞，走廊上的黑色人影全都湧進來。

「你……」

「噓！」

夏司宇原本想開口，卻被杜軒捂住嘴。

這是他第二次被這隻手阻止了。

杜軒小心翼翼地透過櫃門的細縫觀察教室內的黑色人影，它們只是徘徊而已，就像丟失了目標，一下子失去活力。

很快地，黑色人影便一隻隻離開教室。

鐵櫃內的空間很狹窄，兩個人基本上是完全貼在一起，杜軒艱難地從口袋裡拿出手機，確認他們的位置以及那些黑色人影的移動位置。

直到周圍恢復寧靜、危險解除後，杜軒才小心翼翼地推開鐵櫃門。

「呼哈！差點窒息。」

「沒想到這種方法還真的有效。」

杜軒大口呼吸新鮮空氣，過了好一段時間才覺得舒服一些，而夏司宇還在對他們逃過一劫的情況感到驚訝不已。

他還以為不可能這麼簡單就甩掉那些東西，沒想到還真的就這麼簡單。

「它們視力很差，加上這裡又這麼暗，如果不是近距離被看到或是發出巨大聲響，它們就找不到目標。」

「不會翻櫃子之類的？」

「那些東西似乎沒有這種智力，連堵住樓梯口的課桌椅都能被它們當成牆壁，更不用說翻東西找人。」

「樓梯口……啊，你是說四樓那些障礙？」夏司宇搔搔頭髮，「說起來，我下樓的時候因為覺得礙事，就順手把那些課桌椅搬開了。」

「……欸？」杜軒愣住，冷汗直冒，「你說你做了什麼？」

「我從樓頂進來之後就順著樓梯走，打算到一樓去，但是樓梯口有障礙物，當下沒考慮太多就直接挪開了。」

「那、那裡應該有其他人顧著吧！你是怎麼……」

「好像……是有兩個人在，我記得他們好像有說什麼，但是因為很麻煩所以全打暈了。」

杜軒大吃一驚，若夏司宇說的是真的，這就表示——其他人製造出的安全空間，被這個天兵親手摧毀了！

更重要的是，夏司宇本人並沒有發現這件事的嚴重性，一副無所謂的樣子。

「你……你這個……」

杜軒一時找不到詞彙罵他，乾脆立刻觀察手機上的地圖。

果然，已經有黑色人影往四樓移動，而且黃色圓點也分散成幾個小團，數量比之前少掉一半。

在他跟夏司宇掉到那個奇怪空間的這段時間，校舍出了大事。

才剛這麼想，兩人就聽見上方的樓層傳來細微的人類尖叫聲。

「……計畫有變。」杜軒收起手機，不打算繼續看下去，「剛才那顆光球還在你手上嗎？」

夏司宇一臉呆滯，看樣子早就完全忘記這件事了。

杜軒真有種想當場扁死他的衝動，不過還是勉強忍住，因為光球彷彿聽見他的聲音，自己悠悠地從夏司宇的天靈蓋裡冒出來。

他完全不想知道這顆光球剛才躲在哪。

「依照『遊戲』的基本規則，被困在某個區域的時候，就要去找『詛咒物品』來解除危機。沒錯的話，這顆球就是能消滅那些怪物的最重要道具。」

「『道具』嗎……為什麼你這麼清楚？看上去好像很了解這一切的樣子。」夏司宇瞇起眼，「來到這裡的人可不像你一樣能這麼快獲取情報，甚至還完全接受這個現實。」

「現在不是問這些事情的時候，我要去解除詛咒，你跟不跟？」

「為什麼這麼急？有其他人當誘餌把那些危險的東西引開，你應該會比較輕鬆才對。」

「白痴！我怎麼可能眼睜睜看著那些人一個個被殺掉！」

杜軒很想大聲謾罵，但只能努力壓低音量，咬牙切齒地抱怨，要不然肯定會把黑色人影吸引過來。

夏司宇看起來還是很不能理解，不過杜軒也沒時間繼續跟他爭論這個問題。於是他一把抓住光球，冷冷地對夏司宇說：「隨便你。」

杜軒跑出教室，夏司宇則是站在原地，無奈地搔頭髮。

「居然還想著要保護其他人……明明這樣做完全沒好處，真是無法理解。」

嘴上雖然碎碎念，但夏司宇還是乖乖跟在杜軒身後，緩慢地追上他的腳步。

「詛咒物品」的形態，在每場遊戲中都不一樣，既沒有固定模樣，也不會提供情報，只能靠自己從頭摸索。

杜軒在這之前已經經歷過三場遊戲，解除詛咒的方式都是找到這個關鍵物品，以及——隱藏在這個地區的「詛咒」。

當然，現在他擁有的情報不多，但只要仔細推敲，還是能找出一些端倪。

首先，他必須找到之前那個不會被手機地圖顯示的黑色人影！

由於四樓和五樓情況混亂，大部分的黑色人影都被聲音吸引，往上層集中，所以杜軒也打算先到樓上去。

前腳才剛踩上樓梯，杜軒的眼角餘光注意到底下那個隱藏房間，門是開著的。

不，不能說是「打開」，更像是被人破壞。

「唔！梁宥時！」

杜軒立刻轉移方向，將頭探進門，但是後頭空無一物。

他用手機照亮裡面的情況，沒有發現梁宥時，周圍也沒有粉末殘留物。

這讓杜軒鬆了口氣，至少可以確定梁宥時平安逃出這裡，但，為什麼？

梁宥時絕對不可能離開這麼安全的地方，會讓他願意離開，絕對是遇到危險狀況了。

而杜軒能想到的可能性，只有一個。

「你在這裡幹嘛？」

跟過來的夏司宇看到杜軒臉色變得比剛才還要難看，以為他又發現什麼問題，但杜軒卻黑著臉快步朝他走過來，一把抓住他的手臂。

「我要去找梁宥時。」

「梁宥時？那是誰？」

「是我在這裡遇到的人，他原本躲在這裡，現在很有可能正在被追殺。」

「你不是說要去解除詛咒什麼的嗎？」

「所以，交給你來。」

杜軒想也沒想，就把光球還給他。

夏司宇愣住，拒絕接受。

「搞什麼？你當我有辦法？我才來到這裡沒多久，怎麼可能知道怎麼做。」

「總之就是找到詛咒解除詛咒就對了。」

「你說那什麼繞口令，聽都沒聽懂。」

「嘖！不然你幫我找梁宥時！」

「所以我說，我根本就不認識那個什麼……」

「是梁宥時。」

「……就算你要我找，我也沒辦法找到一個連臉都沒看過的人。」

「啊啊啊！真麻煩！」

杜軒煩躁地搔頭，索性放棄向夏司宇尋求幫助，拿出手機。

他剛才太過慌張，只顧看四樓以上那些人的位置，沒去注意梁宥時的黃點。

一樓有兩個站著不動的黃點，是他跟夏司宇，另外則是一個以緩慢速度前進的黃點，位置在二樓，而且還是在另一側樓梯附近的教室。

杜軒立刻從沒有阻礙的一樓走廊跑過去，爬上樓梯，來到黃點所在的教室。

才剛來到這裡，他就被眼前的景像嚇到。

有個黑色人影正貼在緊閉的教室門上，慢慢地將門扭轉、破壞，直到門完全成為碎片。這種破壞方式十分類似他在樓梯底下看到的那扇隱藏房間的門。

接著黑色人影便進入教室，四處搜索，看起來像是在找什麼東西。

與其他黑色人影不同的是，它甚至會抬起講臺查看底下，可說是找得非常仔細。

夏司宇站在杜軒身後，在他觀察黑色人影時，注意到教室後門有個東西正在緩緩挪動位置。

他轉頭一看，和對方四目相交，直接把那張已經蒼白到沒血色的臉嚇到魂飛魄散。

夏司宇倒是很冷靜，用食指輕輕戳了一下杜軒。

「幹嘛啦！」杜軒不耐煩地小聲抱怨，沒想到才剛轉身，就看見夏司宇面無表情地指著下面。

這時杜軒才發現被嚇到口吐白沫，昏死過去的梁宥時。

「呃！梁宥時！」

「哦，所以是這傢伙。」

「噓——」

杜軒捂住他的嘴，因為夏司宇根本沒有刻意壓低音量。

他們距離那個黑色人影那麼近，萬一被發現就糟糕了。

「幫我把他扛起來，然後，說話小聲點。」

無法回答的夏司宇只能乖乖點頭，接著杜軒才把手收回。

杜軒轉頭確認黑色人影沒被驚動之後，打算和夏司宇一起把梁宥時扛到樓下去。沒想到夏司宇卻獨自把人背在背後，輕鬆到讓人懷疑他到底有沒有感覺到成年男人的體重。

這種時候，杜軒就覺得夏司宇不愧是名軍人，練得這麼壯的身體多少還是有些用處。

但是，有點奇怪。

他剛才在找梁宥時的黃點時，並沒有看見附近有黑色人影的標幟。

杜軒拿起手機，再次確認。

果然，這個黑色人影的位置沒有顯示在地圖上，也就是說——它就是他在找的目標！

「一石二鳥的感覺真不錯。」

杜軒雖然勾起嘴角，露出笑容，額頭卻不斷冒出冷汗。

夏司宇斜眼看到他表情越變越奇怪，大概猜到了他現在心裡在想什麼。

「那是你的『目標』？」

「還不確定，但我必須嘗試。」

「冒著生命危險？」

「放心，我跑得還算快，既然梁宥時都能平安無事，我當然也沒問題。」

夏司宇聽到他這樣說，不禁嗤鼻冷笑。

但是，他並沒有否定杜軒打算做的事，也不打算幫忙。

「我要把這傢伙放在哪？你該不會要我一直背著他跑吧？」

「先把他放在一樓角落，看有沒有東西能遮住他，這樣應該就不會被黑色人影發現了。」

「會不會太隨便？」

「不會啦，反正只要我成功的話，就不用擔心這些問題了。」

「嗯哼——」

夏司宇轉身離開，他的速度很快，一下子就不見人影。而杜軒則是小心翼翼地看著搜索完慢慢走出教室的黑色人影，心臟快速跳動到像是要從嘴裡掉出來。

在和黑色人影對上眼的瞬間，恐懼感竄上頭頂，害他差點腿軟。

黑色人影彷彿找到目標，立刻逼近，而杜軒也馬上轉頭往三樓逃。

「嘖！希望我這次不會害死自己。」

光球還在他手裡，只要距離夠近的話，應該就能解除詛咒——

杜軒在爬上樓後，迅速轉身。

黑色人影在樓梯上迅速爬竄，看起來就跟大型昆蟲一樣可怕。

杜軒用盡全力將手裡的光球扔過去，黑色人影直接將散發白光的光球吞下。

接著，什麼都沒發生。

黑色人影猛然抬頭，再次將杜軒視為目標，加快速度衝上去。

這下真的死定了！

杜軒靈活地往旁邊走廊一滾，沒有讓黑色人影撲個正著，但還是摔得滿身傷。

走廊地板上有許多碎水泥塊和木頭，他就這麼剛好趴在這些東西上面。

可是，他現在沒有時間喊痛或關心那些小擦傷，逃命要緊。

杜軒急忙爬起來，幾乎跟黑色人影差不多時間起步，在走廊上狂奔。

黑色人影的速度比初見的時候還要快，像是殺紅了眼，杜軒根本沒有時間回頭查看，因為腳步聲一直都離他很近，若是有片刻遲疑的話，就會被追到。

走廊是直線，用盡全力奔跑後就會來到另外一處樓梯口，杜軒趕緊抓住扶手，直接溜下去。他回到一樓，左轉的話就是在繞圈子，同時還會遇到帶著梁宥時的夏司宇，右轉則會到死路，必死無疑。

給杜軒思考的時間並不多，但在他做出決定前，夏司宇居然出現在眼前。

他呆了一秒，僅僅如此，黑色人影就逼近到只剩不到一顆拳頭的距離，然而，它並沒有碰觸到杜軒，反而被揮過來的掃把直接打飛。

杜軒跌坐在地，當場傻眼。

夏司宇擺出全壘打姿勢，簡直就像在最後關頭登場的英雄，帥氣地救了他。

「你、你怎麼……」

夏司宇鬆開掃把，反手扣住杜軒的手腕，迅速拉著他躲進旁邊的教室。

教室十分凌亂，課桌椅到處亂放，甚至堆疊在一起，雖說空出了很大的位置，但是也反而沒有地方能夠躲藏。

杜軒看夏司宇沒有想法，加上又聽見黑色人影接近的喘息聲，反過來拉著他躲到堆疊起來的課桌椅旁邊。

「蹲下。」杜軒壓住他的頭，示意他別出聲。

兩人背靠著課桌椅，小心地留意著踏進教室的黑色人影。

他們雖然暫時從黑色人影的視線裡逃脫，但它仍在尋找他們的位置，甚至開始用手胡亂揮打牆壁、窗戶，以及那些毀損的課桌椅。

它來到堆疊成小山的課桌椅旁，也就是兩人躲藏的地方。

夏司宇雖然緊張，但不至於害怕，不過他卻感覺到自己的手在抖。

——不，不是他，是杜軒的手在顫抖。

可是，當他看著杜軒的時候，卻發現他的眼神堅定，努力維持著冷靜。

這讓他覺得杜軒很奇怪，明明怕得要死，還豁出性命去保護那些不認識的陌生人。

他是想當英雄？還是說只是個無可救藥的爛好人？

「匡啷」一聲，兩人都嚇了一跳。

原來是黑色人影撞倒了上層的課桌椅，課桌椅垮了下來，幸好沒有砸到他們。

然而，第二次就沒那麼好運了。

課桌椅重重砸在兩人身上，杜軒卻沒有感覺到痛或受傷。

他聽見喘息聲慢慢遠離，這表示黑色人影已經離開教室了。

直到確定沒有任何聲響後，他才聽見夏司宇不太舒服的悶哼聲。

「……好痛。」

「你沒事吧！」

杜軒抬起頭，這才發現夏司宇居然用身體護住了自己，所以他才沒有受傷。

相對的，夏司宇的額頭倒是流出了鮮血，差點沒把杜軒嚇死。

「流、流血……」

「我沒事。」夏司宇的語氣十分平靜，「一點小傷，不用緊張。」

杜軒的內心充滿愧疚。

都是因為他的錯誤決定，才讓他們遇到這種情況，虧夏司宇還特地回來救他。

兩人之間的氣氛有些尷尬，但夏司宇只是輕輕推開倒在旁邊的課桌椅，拍拍身上的灰塵後站起身。

同時，還用雙手架起杜軒的身體，把他像個小孩子一樣抱起來。

「我的身體比你強壯，要是你被砸到的話，肯定會暈過去。」

「你不用說我也知道，可是你真的沒事？」

夏司宇慢慢把杜軒放在地上，已經懶得繼續回答同樣的問題。

杜軒知道他不想再多說，便苦笑帶過這個話題。

「總覺得頭頂涼涼的。」

「啊啊啊！血流下來了！」

「不是那個地方……」

夏司宇邊說邊抓了抓頭，當手垂下來的時候，錯愕地發現光球竟然在他的手裡。

杜軒的眼睛瞪大到快掉出來了，夏司宇也是一臉困惑。

「搞什麼?這東西不是在你手上嗎?」

「我剛才明明就把它扔向了那個怪物，為什麼會……」

「這樣的話，這又是什麼?」

「不、不知道。」杜軒迷茫地抬起頭，和夏司宇四目相交。

這下他是真的搞不懂了。

第三夜

永夜校舍（下）

稍微整理一下目前手邊有的情報。

首先，被黑色人影吞噬後會化為粉末，粉末在被蒼蠅吃掉後，又會變成黑色人影；黑色人影之中，目前只有遇到一個不會被手機顯示出來的「特殊種」，而且很明顯與其他黑色人影不同，會進行搜索。

為了取得詛咒物品來消滅黑色人影，杜軒透過其他人得知物品的所在地，並順利取得光球，但直接扔向黑色人影是沒有任何效果的。

不過就算遺失，光球也會自動回來，而且是回到夏司宇的身上。

很好，還是沒有頭緒。

「唔嗯嗯，這樣下去不行啊。」

雖然杜軒剛開始很有自信地衝出去要解除詛咒，幫助四樓以上的人脫離危險，但很可惜，他並沒有做到。

待在一樓的他們已經聽不見樓上的聲音，而黃點數量也減少到只剩三個。

很明顯，其他人凶多吉少，情況非常不樂觀。

杜軒思考是不是要先去跟剩下的人會合，看上去四樓那群人知道的情報肯定比他還多，或許能知道光球的正確使用方式也說不定。

考慮到這點，杜軒認為該往上走，但這麼做風險很高。

現在黑色人影幾乎全部聚集在四、五樓，想無聲無息地穿越過去，幾乎不可能。

「多試幾次看看?搞不好是你扔錯地方。」

「我光是逃跑都來不及了，哪有時間瞄準！」

「要不然這次你當誘餌，我來丟。」

「絕對不要。」

有過一次經驗後，杜軒沒那個膽嘗試第二次。

再說，他並不認為是位置不對的問題。

「我想去四樓找剩下的人，他們搞不好知道要怎麼解除詛咒。最開始也是樓上的人告訴我這東西的位置。」

「不是都死光了？」

「你別一臉冷靜地說這麼可怕的話行不行？」杜軒雙手環胸，無奈道：「沒死光啦！手機顯示還有幾個人活著。」

「那應該也活不久了。」

「喂喂，死太多人對我們來說沒有好處。」

「……說得也是，這樣就沒有誘餌引開那些怪物。」

「才不是因為這種理由！」杜軒輕拍額頭，接著說下去：「總之，先到廁所去，那裡有路可通往上面樓層。」

「知道了，那昏倒的傢伙怎麼辦？」

「啊啊，差點忘記梁宥時。話說回來，你把他藏在哪？」

夏司宇沒有回答這個問題，而是直接帶他去藏匿地點。

當杜軒看到被塞進掃除工具櫃裡的梁宥時之後，不知道該說什麼才好。

「虧你能把人塞進去。」

「反正都昏倒了，怎麼塞也不會有反應。」

「哈哈哈……」

杜軒苦笑，以梁宥時扭著脖子躺在櫃子裡的姿勢，醒來後肯定會全身痠痛，甚至還有落枕的可能性。

在杜軒的要求下，夏司宇再次背起梁宥時轉移位置。

因為走廊上沒有其他黑色人影的關係，他們很快就來到一樓邊間的廁所。

雖然在過來的路上有聽到微弱的喘息聲，證實那隻無法顯示位置的黑色人影還在附近，但因為沒有正面遇上的關係，就不會有危險。

廁所還是老樣子，溼答答的而且看起來快要塌了。

夏司宇把梁宥時放在馬桶上，接著就看見杜軒踩著另一間廁所的水箱，打算鑽進天花板上的洞。

只不過杜軒不夠高，就是差了一點點，看不下去的夏司宇便順手抱起他的小腿，把他整個人往上抬高。

「哇！」因為太過突然而沒有心理準備，杜軒嚇了一大跳。發現自己聲音太大的杜軒趕緊閉嘴，鑽進天花板上的洞。

他趴在天花板裡面喘息，接著就看見夏司宇輕而易舉地抬起身體，從底下鑽進來，連氣也不喘，游刃有餘的態度令人不爽。

杜軒內心五味雜陳，同樣身為男人，他有種被比下去的感覺。

「幹嘛盯著我看？」

「沒什麼。」

天花板的空間不高，兩人只能蹲著。

杜軒用手機螢幕的光當作手電筒，勉強能照亮一部分。

他們來到同樣陰暗半毀的二樓廁所，原以為要花一番功夫才能找到往上的路，沒想到意外順利，並沒有花太多時間。

「這裡。」

率先發現三樓地板洞口的，是夏司宇，不得不承認，這人的視力有夠好。

連同剛才衝過來幫助他時也是，明明走廊那麼暗，不可能以這麼快的速度趕過來，就算事態緊急，也不可能在視線不佳的情況下全速狂奔。

杜軒忍不住盯著他的臉看，尤其是那隻眼睛。

「明明只有一隻眼睛，還看得比我清楚……」

「你在咕噥什麼？快點過來。」

夏司宇沒聽見他在說什麼，自顧自地爬上去，接著伸手把杜軒拉上來。

兩人來到三樓的廁所，這裡的狀況比二樓好一點，至少沒那麼淫冷。

在地板破洞的正上方，有著同樣大小的洞，還垂著一條繩子，看上去有點像是童軍繩。

看來四樓的人是利用繩子下來，再爬進二樓與一樓之間的天花板，通往一樓。

「你能爬得上去嗎？」

夏司宇半信半疑地問杜軒，似乎是覺得他沒那個力氣。

杜軒不爽地回答：「別小看人，我當然爬得上去！」

明明信心十足地撂下狠話，可是杜軒卻直接抓著繩子懸掛在上面，爬不上去也下不來。

這下尷尬了。

「………」

「………」

夏司宇就這樣和杜軒面面相覷，直到他最後伸出援手。

「鬆手，我會抓住你。」

「靠，腳底空蕩蕩的，我最好是敢放手！」

「都說了我會抓住你，別扭扭捏捏的，反正你最後雙手沒力還是會摔下來，還不如早點解脫。」

「唔呃……」

杜軒知道夏司宇說得沒錯，但，就是因為知道他才更不爽！

夏司宇見他遲疑不定，也很無奈。

突然他抬起頭看著繩子上方，冷靜地說：「啊，有蟑螂爬下來了。」

「幹！」

發自內心深處、真心誠意的髒話，就這樣脫口而出。

握住繩子的雙手，下意識鬆開，等他回過神來的時候，才發現自己整個人往下墜。

正當他腦海飄過「死定了」三個字，夏司宇就突然跳過地面的坑洞，在半空中抱住他，安然無恙地跳到洞口另外一側，左手還同時抓住了繩子。

這洞有點大，就算身體能力再強也不可能直接跳過去——正常來說應該是這樣才對，夏司宇卻再一次突破他的想像力。

「你……你……」

「這不是好好抱住你了嗎？」

夏司宇面無表情地說著，完全不覺得這件事有任何難度可言。

他把杜軒放下來，「有繩子當作支點的話，這點距離還是能跳得過來的，當然前提是你得有那個臂力。」

「意思是你做得到，我做不到。」

夏司宇沒理他，直接跳到繩子上，用右腳捲住繩子下端，迅速往上爬。

不用幾秒，夏司宇就順利來到四樓，令杜軒傻眼。

正當他捲起袖子檢察自己的肌肉量到底差多少的時候，繩子又重新放下來，在他眼前晃來晃去。

他抬起頭，看到夏司宇從洞口探出頭對他說：「抓著，我把你拉上來。」

「唔呃呃呃……」

杜軒十分不高興，但是沒有立場反駁，只能乖乖照做。

當夏司宇輕輕鬆鬆地把他像捆在繩子上的香腸那樣拉上去的時候，他真的羞恥到想把自己埋起來，可惜現在沒那個時間。

「這裡太安靜了。」夏司宇蹲在廁所門口，直接觀察走廊與周圍情況，「連點聲音也沒有，不太對勁。你真的確定還有人活著？」

四樓廁所門不知道被誰弄壞，嚴格來說並不是個安全的地方，不過這裡的光線比下面三層都更充足，能清楚看到黑色人影在走廊上移動的樣子。

杜軒拿出手機確認。

三個存活的黃點有一個在四樓，另外兩個在五樓。

四樓的黃點在中間，正好就是黑色人影徘徊的位置；五樓的兩個黃點則是靠在一起，待在離他們最近的這側樓梯旁的教室裡，滯留的黑色人影數量較少。

正常來講，選擇與五樓的那兩人會合比較實際，可是杜軒沒辦法拋下落單的人不管。

他毫不猶豫地做出決定，抬起頭才發現夏司宇不知什麼時候把臉湊了過來，兩人之間的距離頓時拉得很近。

「呃！」

杜軒嚇一大跳，差點沒叫出聲，幸好及時壓抑住。

夏司宇將食指貼在嘴唇上，指著外面走廊向他示意。

杜軒點點頭，壓低身軀，跟在夏司宇身後走出廁所。

經過樓梯口的時候，他發現周圍有許多粉末，在經過教室的時候，那些粉末也能看得一清二楚。

是因為光線充足嗎？比起三樓以下暗摸摸的空間，稍微明亮一些的四樓看上去更加可怕，而這時杜軒也才確切感受到，這裡曾經死過許多人。

在教職員室看到的粉末和這邊相比，根本是大巫見小巫。

「前面這間。」

因為不能發出太大聲音，兩人必須靠得很近才能溝通。

當杜軒告訴夏司宇目標位置後，夏司宇露出為難的表情。

「數量太多了。」

「嗯，不過都比之前我們遇到的那隻還要好對付。」

杜軒隨手撿起地上的水泥碎塊，交給夏司宇。

他才剛要說明，沒想到夏司宇居然用盡全力扔向正前方。

水泥掉落的聲響很清脆，雖說沒有很大聲，但足夠吸引黑色人影的注意力。

它們迅速追向聲音來源，兩人也趁這個機會從後門進入教室。

黃點的位置是在講桌底下，杜軒蹲下身，簡簡單單就找到人了。

但是，對方卻已在垂死邊緣。

杜軒找到的，是個看上去只有十七八歲的高中男生，他臉色蒼白，滿是鮮血的雙手緊緊壓住受傷的腹部，可惜沒有多少幫助。

以這失血量來看，就算立刻獲得治療也不見得能撿回小命。

高中生並沒有發現杜軒和夏司宇，他兩眼無神地盯著前方，連喘息聲都微乎其微。

那些黑色人影就是聽見這微弱的喘息聲，所以才會在周圍徘徊吧。

夏司宇見杜軒臉色不太好看，便將手搭在他的肩膀上。

「走吧。」

「……嗯。」

杜軒什麼也做不了，只能選擇離開。

兩人朝黑色人影聚集的反方向走過去，來到樓梯附近後才開口提起那名高中生。

「不覺得有些奇怪嗎？」先提出疑問的，是杜軒。

夏司宇沒什麼想法，用懷疑的目光直勾勾看著他。

「你想說什麼？」

「那些怪物不會把人傷成那樣，因為它一但抓到人，就會直接吞噬。」

「會不會是他在逃跑的時候自己弄傷的？」

「你說過你是個軍人吧，難道你會看不出那種傷口是怎麼弄出來的？」

夏司宇沒回答，但他的表情已經說明一切。

杜軒皺眉道：「果然，你看得出來，對吧？」

夏司宇嘆口氣，像是拿他沒轍一樣，老實跟他說：「嗯，那是被銳器弄出來的傷口，如果是自己在逃跑中不小心弄到的話，不可能會留下那種傷勢。」

「銳器……是指刀之類的？」

「傷口很大，所以可能是菜刀那種刀面較大的物品，不過這種地方應該不可能會有那種東西。」

杜軒思考了片刻，接著回答：「我大概知道是什麼。」

他邊說邊撿起腳邊的碎玻璃，遞給夏司宇看。

夏司宇點點頭，認同他的猜測。

「碎片夠大的話，確實有可能。」

「但是，是被誰傷的？」

「樓上那兩人應該會知道。」

「好，那先上樓。」

黑色人影大多都在四樓，所以趁現在找到剩下的兩人，並把他們從廁所帶回一樓是最安全的選擇。

雖然很可惜救不了那個高中生，可是，杜軒沒有時間默哀。

兩人把握時間，往五樓走。

黃點就在樓梯旁的教室，距離很近。

杜軒原本打算拿出手機再次確認對方位置，不料卻突然有慘叫聲傳來。

「呀啊啊啊——」

是女人的尖叫聲，情況很不妙。

這個距離，位在四樓的黑色人影肯定會聽見，不但如此，本來就徘徊在五樓的黑色人影也會聚集過來。

進退兩難的情況下，杜軒和夏司宇選擇進入傳出慘叫的教室，沒想到一進去就被滿身是血的年輕女性迎面撞上。

「痛！」

杜軒稍稍往後退了一步，被夏司宇抓住肩膀。

「搞什麼……」

「救、救救我！他想殺我！」

女孩子淚眼汪汪地趴在杜軒的胸前，側腹有明顯的割傷。

聽見她向杜軒求助，待在教室裡的另外一個男人大聲吼道：「離那女人遠一點！」

杜軒抬起頭，與對方四目相交。

那個男人也認出杜軒的臉，一臉驚訝。

「是……是你！」

杜軒很訝異，這男人就是當時趴在一樓廁所天花板洞口，要他去樓梯口取詛咒物品的人。

此時的他手裡拿著沾滿鮮血的玻璃碎片，看起來十分狼狽，完全沒有之前那種游刃有餘的感覺。

「原來是你幹的。」

「不、不是我！是那女人——」

男人急忙辯解，可惜時間不夠。

黑色人影已經全部聚集到走廊外面，四人完全不敢發出聲音。

似乎是知道在這樣的情況下，杜軒不可能會相信自己，男人把碎片扔在地上後，從後門逃了出去，杜軒也趕緊拉著女孩，和夏司宇一起跟在後面。

黑色人影已經發現他們的存在，緊追在後，雖然這個方向的走廊盡頭是死路，可是他們也沒有其他選擇。

眼看黑色人影爭先恐後地窮追不捨，四人拚了命狂奔，然而女孩卻因為傷口疼痛而跑不快。

一個不小心，她被絆倒在地，連帶拖累了杜軒。

走在最後面的夏司宇直接拎起兩人，提著他們奔跑。

快接近走廊盡頭的地方，有個被課桌椅堆疊起來的小空間，上面還蓋著窗簾。

跑在前面的男人很快就鑽了進去，夏司宇二話不說也跟著躲。

在最後一刻，他們成功脫離黑色人影的視線範圍，就如同之前那樣，它們連一眼也不看堆疊起來的課桌椅，傻傻地在附近徘徊尋找目標。

四人縮在一起，誰都不敢出聲，直到透過手機確認那些怪物已經離開。

「差點被你們害死。」男人不爽地抱怨。

杜軒也沒好氣地回嗆：「這是我要說的。」

兩人怒瞪彼此，氣氛不是很好，而縮在三個男人之間的女孩則是有些尷尬地朝夏司宇笑了笑。

夏司宇依舊沒有表情，冷冷瞥她一眼之後，從課桌椅後面走出去，順手把杜軒拉出來。

「幹嘛？」

「那東西都走了還躲什麼。」

「說得對，再說我也不想跟這女人待在一起。」

男人接著走出來，表情非常不爽。

女孩縮起身體，似乎不想離開安全的地方，一臉委屈地說：「我、我又不是故意的……我只是不想死……」

「媽的！說什麼鬼話！」

男人很生氣，但還是刻意壓低音量。

不能爽快大吼出來洩憤，真的會讓人內傷。

「妳這女人為了逃跑，拿玻璃碎片劃傷幫助過妳的小陳，還扔下他，利用他吸引那些怪物，藉此逃到五樓。在做了這種事之後，難道還要我拍手讚美妳？」

「你不也沒回去幫他嗎！你跟我一樣也是殺了他的凶手！」

「妳！這女人——」

看來，不用問就能知道四樓的高中生究竟遭遇了什麼。

杜軒和夏司宇旁聽兩人爭執，從對話中慢慢搞清楚了事情的來龍去脈。

在夏司宇「無意」地把課桌椅挪開、讓黑色人影抓到機會上樓後，他們就開始逃跑，每個人都為了存活而將別人當成誘餌，直到最後剩下他們三個。

原本女孩是跟高中生一起行動，最後卻為了從黑色人影的包圍中逃脫，割傷對方並扔下不管。男人見狀雖然很想幫忙，但面對眾多的黑色人影，恐懼讓他選擇離開。那個高中生大概是用盡所有力氣好不容易才躲了起來，可惜傷口太深加上失血過多，最後還是只能孤獨地等死。

這，就是人性。

杜軒抓住男人的肩膀，並不想介入這件事。

雖然他也替那個高中生惋惜，可是已經於事無補，此刻他們必須解除詛咒，否則全員都得死。

「我找到你說的東西了，告訴我該怎麼使用。」

「什麼？真的假的？」

為了證實自己沒說謊，杜軒把光球拿出來給他看。

對方嚇了一跳，絕望的臉上終於出現笑容。

「哈……哈哈！幹得好！太好了！趕快給——」

男人原本想拿走光球，但杜軒立刻將光球收起。

他的反應讓男人不爽，可是看到站在他身後的夏司宇之後，還是決定別惹事。

「嗯哼，既然你拿到了，為什麼不去解除詛咒，殺了那些怪物？」

「就是不知道要怎麼解才來找你。」

「那首先，我們得回到一樓。」

男人說完，轉身就走。

杜軒跟在他後面，但女孩沒有動。

她縮回課桌椅堆疊起來的小空間，再也沒有把頭探出來。

與兩人不同，夏司宇離開前悄悄地挪動眼神，看向女孩躲藏的地方，瞇起眼。

隨後，他跟上杜軒，離開五樓。

「跟我來。」

回到一樓的三人，暫時躲在廁所觀察走廊的狀況，杜軒趁機去看隔間裡的梁宥時，發現他還在昏迷。

杜軒用力拍了拍他的臉頰，才終於把人叫醒。

「喂，別睡了。」

「呃！什、什麼——」

梁宥時猛然清醒，嚇得張嘴就要大叫，但在發出聲音前就被杜軒用手摀住嘴巴。

杜軒面對瞪大雙眼看著他的梁宥時，將食指貼在嘴唇上，示意他安靜。

直到梁宥時點頭表示理解後，他才挪開手。

「我……我為什麼會在這？這裡是哪？」

「是一樓邊間的廁所，你之前昏倒了。」杜軒扶著他從馬桶上站起來，不太高興地說：「到底發生了什麼事？你不是說過絕對不會離開那個房間？」

梁宥時唯唯諾諾地回答：「外面太安靜，而且一個人……真的很可怕，所以我想說去找你……」

「唉。」杜軒無奈拍額，「所以我不是要你跟我一起走嗎？」

「對、對不起。」

「算了，反正沒事就好。」

他把梁宥時帶出去和另外兩人會合，見到梁宥時，夏司宇和另外那名臭臉男人都沒說什麼。

杜軒拿出手機檢查，四樓的黃點已經消失，而徘徊在周圍的黑色人影也各自分散到其他樓層，當然也包括他們所在的一樓。

目前存活下來的，只有他們四個加上躲在五樓的女孩。

「我們要去哪？」

「一樓的教職員室。」

杜軒很驚訝，教職員室？原來詛咒物品要在那裡使用？

「以防萬一，我先跟你說清楚。」男人接著說，「教職員室的鐵櫃裡有個鐵盒，那裡面的東西就是怪物的本體，只要消滅它就結束了。」

鐵盒……怪物的本體……

杜軒越想臉色越難看，難道說他之前湊巧發現的那個鐵盒，就是關鍵？

那他這樣不是兜了一個超大的圈子嗎！

「你臉色怎麼這麼難看？放心，你有那東西就可以解除詛咒，別那麼怕死。」

男人不清楚杜軒心裡在想什麼，揮揮手，一副若無其事的態度。

他繼續說：「最好是一起行動，趁現在外面走廊上的怪物還不是很多的時候，一口氣衝過去就好。」

「我還以為你會待在安全的地方，要我自己去解決。」

「要是你還來不及完成就被殺死的話，我們就全掛了。與其待在這等死，還不如硬著頭皮衝一波。」

這有點出乎杜軒的意料，他還以為這個男人只想利用其他人，讓自己待在最安全的地方，沒想到還有點骨氣。

「那就一起行動。」

三人達成共識，梁宥時原本還有些扭捏，遲遲不肯下定決心，不過最後還是在夏司宇可怕的眼神下妥協。

他們離開廁所，往教職員室移動。

杜軒用老方法，以反方向扔擲物品製造聲音的方式來引開黑色人影。

一路上都沒有出什麼狀況，直到遇見那隻「特殊種」。

走在最前面的杜軒率先停下腳步，並將手往後擺，示意其他人別靠近。

教職員室外的走廊上，有個黑色人影佇立在那，杜軒靠直覺認出它就是那隻無法顯示在手機上的黑色人影。

他拿出手機檢查，果然就跟他猜想的一樣，是它。

離教職員室只有幾步距離，杜軒實在不想在這個時候撤退，尤其是等那些被引開的黑色人影回來後，會變得更難行動。

突然，站在身旁的夏司宇輕輕拍了下他的肩膀，向他點點頭。

沒有交談，只單單用眼神交流，杜軒卻能明白夏司宇的意思。

他緊張地嚥下口水，拿出勇氣，快速衝進教職員室。

身後的男人和梁宥時見狀，不想被扔下，也急忙跟著鑽進去，而他們的行動也吸引到黑色人影的注意力，立刻發現他們的位置。

走在三人後方的夏司宇在進入教職員室之後立刻關門，用背抵住門，而黑色人影則是瘋狂地衝撞門板，想要闖進來。

「夏司宇！」

「別管，去把這該死的東西殺了！」

杜軒雖然擔心夏司宇的安危，但他說得沒錯，自己還有更重要的事情必須做。而且臭臉男人跟梁宥時也已經開始推桌子去幫夏司宇擋門，不需要他幫忙。

這麼大的聲響，其他黑色人影肯定會聚集過來，留給他的時間不多了。

杜軒咬緊牙根，抓緊手中的光球，解開之前卡在鐵櫃上的鐵尺，再次打開門。

大量的蒼蠅從裡面飛出來，將他推倒在地，鐵盒彷彿沒有極限，不斷湧出更多蒼蠅，瞬間就布滿天花板。

杜軒立刻爬起來，手忙腳亂地想撿回掉在地上的光球。

但是，在他手指前面的並不是光球，而是一雙小腳。

杜軒猛然抬頭，發現光球已經變回之前看到的那個沒有五官的小小黑色人影。它肅立在眼前，一動也不動，而天花板的蒼蠅們則像是受到吸引，全部飛進它的身體裡。

就這樣，蒼蠅不斷飛入，小小的黑色人影則是一步步慢慢往前走，將櫃子內的鐵盒小心翼翼地捧起來，緊緊抱在懷中。

它似乎很珍惜這個鐵盒，只是畫面看起來非常詭異。

隨即，一片白光從小小的黑色人影所站的地方向外擴散開來，刺眼到讓人看不清任何東西，杜軒也只能反射性緊閉雙眼。

幾秒後，周圍似乎恢復了平靜，也沒有黑色人影用力撞擊門板的聲音。

杜軒慢慢睜開眼，看見的是藍色天空，耳邊則是七嘴八舌討論的聲音。

他發現自己躺在柏油路上，便坐起身，才剛挪動身體，就感到一陣頭痛欲裂。杜軒伸手摸了摸額頭，發現手指沾染上紅色液體。

是血。

「你沒事吧！」

一個成年男人蹲下來問他，但杜軒只是迷茫地望著他。

「我們已經幫你叫救護車了，不要亂動比較好。」

隨著這個男人說話的聲音，杜軒找回思緒，並理解了自身目前的情況。

成功了，詛咒順利解開，他順利離開了那個「遊戲」空間。

既然他平安無事的話，就表示梁宥時他們應該也沒事了，只可惜無法親自確認，因為他不知道他們在哪裡。

杜軒垂下頭，輕輕嘆口氣。

「這次也順利活下來了啊……該死。」

一次又一次，他總共已經進入這個奇怪的「遊戲」四次了，雖說每次都有幸得以活著回來，但誰都無法保證下次還會不會這麼幸運。

杜軒坐在地上休息，沒過幾分鐘，救護車跟警察就來到現場。

救護人員看到杜軒意識清醒，很是驚訝，而且他也沒有受很嚴重的傷。

「我記得報警的人說有人被卡車撞飛，那個人真的是你嗎？」

「是我沒錯。」

「你的命還真大，目前看起來只有輕微腦震盪跟擦傷。」

「那是因為我已經從地獄走了一趟回來。」

「……什麼？」

救護人員完全聽不懂杜軒說的話，但杜軒也只是自嘲地笑了笑。

沒錯，他剛才去過的那個「遊戲」，就是所謂的地獄。

只有活著通過那場遊戲的人，才能繼續在現實世界存活下去。

「我送你去醫院做斷層掃描。」

「那個小孩呢？他沒事吧？」

「沒事，只是受到一點驚嚇而已。」救護人員佩服地說，「你真勇敢，救了那個孩子的命。要不是有你，就會是一場悲劇了。」

杜軒往旁邊看了一眼，發現有個被媽媽抱在懷裡的孩子正在嚎啕大哭，而孩子的家人則是在發現他的視線後，急忙走了過來。

「你沒事真的是太好了！」

杜軒客氣地說：「幸好沒有釀成大禍。」

「謝謝、真的很謝謝你！」

孩子的家人不斷向他道謝，杜軒也只能靦腆地回應，因為他的頭還很痛。

之後他婉拒對方的幫助，獨自搭上救護車去醫院進一步檢查。

一路上，他回想著其他人的事，一邊發著呆。

他有種預感，這不會是最後一次。

第四夜

狩獵場（上）

「檢察結果沒有什麼大礙，可以不用再回診，最近幾天請多多留意自己的情況，有任何不舒服就要立刻就醫。」

「我明白了，謝謝醫生。」

被卡車撞飛的事件發生過後一週，杜軒才終於結束回診的麻煩生活。

老實說，他知道自己沒事，但表面上還是得做足樣子，不然從旁人的角度來看，他沒有骨折或重傷，而是只有小挫傷，這種情況別說不可能發生，甚至到了有點可怕的程度。

至於杜軒能夠如此肯定的原因也很簡單，因為這已經是他的第四次「奇蹟生還」，再怎麼不合常理都習慣了。而且他也是因為那個遊戲才會安然無恙，要不然早就被卡車輾成兩半了。

他還記得第一次的情形，那時他和朋友去山裡的小溪玩水，結果朋友被暗流捲住腳，慌亂之下抓住他不放，於是兩人一起溺了水，回過神來的時候已經來到那個奇怪的空間。

當時不只有他，周圍還有其他人，剛開始所有人都不知道現在是什麼情況，但很快的，大量的情報以及資訊直接灌入腦海，強迫所有人讀取。

那是非常痛苦的感覺，就像是被掐住喉嚨、喘不過氣，直到所有資訊讀完後才能稍微恢復正常呼吸。

那種感覺實在無法用言語來形容，在場的所有人全都立刻明白他們為什麼會在這、而這裡又是哪、他們必須做什麼事。

簡單來說，這是垂死之人被帶來的地方，面臨迫在眉睫的死亡，他們得靠自己的努力才能活下去，而他們的敵人，就是那些高大可怕、令人膽寒的「怪物」。

接著他們被傳送到不同的空間，有時是一個地區、有時是一棟建築，而他們的目的就是找出那個地方的詛咒，解除後就能活著回到原來的世界。

幾乎所有人都對於眼前可怕的怪物感到恐懼，沒辦法在充滿恐怖之物的地方冷靜地完成任務，杜軒也一樣。

他很幸運地在第一次的危機中存活下來，醒來後，他發現自己從溪水裡探出頭，努力靠著求生意志爬上岸，其他朋友們看到他沒事，趕緊圍過來。

後來他才知道，把他壓下去的朋友早就踩著他游上岸了，所以安然無恙。

杜軒那時只把那件事當作一場惡夢，也許是自己在垂死邊緣掙扎，所以才會有那種荒唐的妄想，並不是真的。

他剛開始真的是這麼想的。

結果第二次的瀕死經歷事隔三月之後再度找上門，而那對他來說根本就是無妄之災。

在晚上騎機車回家的路上，因為道路施工的工人忘記把水溝蓋蓋好，結果杜軒就這樣直接摔飛出去，等恢復意識後，就發現自己二度來到了這個死亡空間。

但，這次和上次不同。

他遇到的人都不清楚現在是什麼情況，彷彿是醒來後就突然被帶到了這裡，也沒有人能想起在來到這裡前自己發生了什麼事。

雖說後來遇見其他較早進來的人，並從那些人口中理解了情況，但一開始幾乎沒人相信。

兩次遊戲的不同之處，讓杜軒產生微妙的詭譎感，他選擇不把自己參與過這類遊戲的事情說出來，就這樣和其他人一起想辦法解開詛咒逃離。

之後的第三次經驗，也和的二次差不多，所以第四次進入那個空間之後，杜軒才能如此冷靜自若。

而這，全都發生在短短半年之內。

「半年內連續四次的瀕死經驗……就某方面來說，我也算打破紀錄了吧。」

從醫院回家的路上，杜軒坐在公車最後排，無神地看向窗外，自言自語。

前三次都是不可抗力，但最後一次是他自己做出的選擇，而也不後悔，因為他幫助了差點被卡車撞飛的小孩子。

他不確定是不是只有自己這麼衰，不過這四次進入遊戲，他都沒有遇到熟面孔，而且內容跟地點也都不同。

唯一相同的就只有「取得詛咒物品，解開詛咒離開」這點。

「可以的話，真心希望不要再有第五次了。」

搖晃的公車讓腦袋昏昏欲睡，杜軒就這樣在不知不覺中慢慢閉上雙眼。

忽然一個急煞，杜軒整個人往前倒，幸好他反應夠快，急忙抓住前方的椅背，才沒有飛出去。

他跌坐在兩排椅子中間的空隙，大腦一片空白。

回過神之後杜軒抬起頭，還沒弄清楚發生了什麼事，便聽見其他乘客的尖叫聲。

同時，駕駛迅速打開車門，急切地催促所有人：「快！快點離開！快離——」

話還沒說完，駕駛座的方向便傳來爆炸聲，所有乘客都嚇得逃下車，杜軒也急忙爬起來跟上。

乘客都安然無恙，而下車後的杜軒這才發現，原來是公車前面的休旅車起火燃燒，從車體的狀況來看，很顯然是被炸開的。

路人狂打求救電話，所有人都閃得遠遠的。

休旅車內似乎有人，但是火勢過大加上煙霧瀰漫，根本無法靠近。

當所有人眼睜睜看著車體燃燒時，杜軒只是茫然地盯著眼前的火光，安靜無聲。

因為他知道，休旅車裡的人已經凶多吉少。

杜軒從沒有跟任何人說過，他擁有「預見」的力量。

雖說只能短暫看到一小段未來會發生的畫面，不像網路上謠傳的那些預言大師，能夠預知幾年後的未來之類的，但也十分足夠了。

只不過，他的預知能力是被動性質，無法靠主觀意識來選擇想看見的未來，而是很突然地就隨機看到了，他到現在還是找不出誘發因素。

以這次的火燒車意外事件舉例，杜軒會如此篤定車內沒有倖存者，是因為「預見」的力量已經提前向他展示了這樣的未來，所以他才能確信。

「預見」從來就不會出錯，除非他主動去改變。

事實上，杜軒確實有改過幾次未來，不過都是小小的變動。

例如發現前面的道路有窟窿，便提早告知朋友，讓他安全閃避；或是有車子會闖紅燈，要過馬路的老太太慢點走之類的，都是些微不足道的小事。

話雖如此，導致他參與遊戲的那幾場意外在發生前，「預見」的力量並沒有出現，所以他根本無法提前知道這些危險。

明明都是差點害他丟掉小命的危機，自己卻無法「預見」，說起來也挺奇怪。

還有就是，在那個死亡空間的時候，他也從來沒有成功觸發過「預見」能力。

這點真的讓他想不通。

「你看起來很累的樣子，要不要先回去休息？」

咖啡店的同事擔憂地看著杜軒臉上的黑眼圈，好意慰問。

杜軒苦笑，「還有半小時就換班了，我沒事。」

「那你去倉庫做關店前的盤點吧，這邊交給我來就好。」

「……謝謝，下次請你吃烤肉。」

「你好好照顧自己的身體，別老是讓我代你的班就好。」

杜軒拍拍同事的肩膀，表示自己有聽到，接著便將櫃臺交給對方，脫下圍裙。

他已經回來上班了幾天，但體力不知道為什麼比以前還差，身體也很容易感到疲勞，簡直就像老了好幾歲。

他以前可是能夠四處爬山游泳的健康寶寶，從來沒這麼虛弱過。

難道說，是之前被卡車撞到時受的傷還沒完全恢復？

杜軒搖搖頭，停止猜測。

他拿著清單走向倉庫。

倉庫的距離並不遠，畢竟他們咖啡店不大，休息室隔壁就是放東西的倉庫，但今天他卻覺得自己走得有點久。

突然，杜軒像是猛然從夢裡驚醒，震了一下肩膀。

他停下腳步，額頭不由自主地冒出汗水。

奇怪，他不記得走廊有這麼暗——

「咻」的一聲，身後有東西飛快飄過去，杜軒嚇得不敢回頭，腳步加速往前。

幸好眼前就是倉庫的門，他立刻打開門躲進去，背部緊貼門板，不安地喘息。

這種感覺很討厭，就像是回到了那個空間。

但他只是走在店裡，什麼危及性命的事也沒發生啊！照理來說他不可能又跑回來。

應該是這樣才對。

進入倉庫後，杜軒發現倉庫比記憶中還要寬敞。

他們店裡可沒有這麼大的倉庫，這很明顯不對勁！

「該死……不會吧？」

杜軒很不想承認，但這似乎是事實。

他又不知不覺來到了那個該死的地方。

門外傳來拖曳重物的聲響，令人頭皮發麻，杜軒根本不想開門去看那是什麼。

深吸口氣，慢慢吐出，杜軒找回冷靜的自己，重新面對眼前的情況。

先不管他為什麼又回到遊戲裡，總之，得先離開。

這裡一定有詛咒的物品，只要解除就沒問題了，首先得蒐集情報。

杜軒摸摸口袋，果然，原本放在制服口袋裡的手機不見蹤影，不只如此，連身上的衣服似乎也變得不同。

他明明是穿著咖啡店的制服，可是現在身上卻是襯杉和外套，甚至胸口還背著胸包。

為了確定自己現在是什麼情況，杜軒伸手摸牆壁，找尋電燈開關。

幸好他運氣不錯，很快就找到了。

打開電燈後，他發現自己的穿著果然變了，而且這打扮就跟他之前被卡車撞飛那天穿的一樣，就連胸包也是之前在校舍裡撿到的那個。

杜軒對於自己的穿著變化感到吃驚，但目前沒有時間和心思去在意這個問題。

他抬起頭，重新審視眼前的倉庫。

果然，和他想的完全不同。

寬敞的空間，陳列著許多箱子的鐵架，三層樓高的屋頂——這裡完全就是個鐵皮屋倉庫，和他工作的咖啡店完全不同。

他回過神，立刻轉身，沒想到連他剛才進來的門都消失不見了。

雖說不用和那個拖曳的聲音相遇是件好事，但他也不知道自己身在何處。

這間鐵皮屋倉庫的鐵架上堆放著許多木製棧板，有些上面放置著貨品，有些則是沒有，除此之外還有兩輛油壓拖板車，以及一輛堆高機。

倉庫裡十分安靜，連細碎的小聲音都能聽得很清楚，所以杜軒知道除了自己之外沒有其他人。

他解開袖釦，捲起袖子，尋找倉庫的出口。

這並不是什麼難事，杜軒很快就找到那扇明顯的大門。

沒有窗戶真的很麻煩，無法先觀察外面的情況，只能賭賭運氣。

正當他要開門出去的時候，門先一步被人從外面推進來，由於是往內推的門，所以站在門後的杜軒差點直接撞上去，幸好他閃得快，立刻往旁邊一跳，要不然真的會被撞飛。

「快！快點進來！」

隨著一個男人高聲大喊，一伙人接二連三地跑進倉庫，殿後的人在所有人都進來後，立刻把門關好。

其他人沒有只顧著喘氣或遠離，而是趕緊合力把棧板搬過來擋住門。

他們完全沒注意到杜軒的存在，杜軒也只是旁觀他們，並慢慢往後退。

人數算上去有七、八個左右，年紀看起來都跟杜軒差不多，其中還有兩個女孩子。

從他們恐懼的表情可以猜出，十之八九是被「怪物」追著才會逃到這裡。

這下可好，他又無緣無故捲入危機裡了。

「大家都沒事嗎？」

「沒事，我沒事。」

「阿堯好像有點擦傷。」

「我鞋子掉了啦！」

每個人七嘴八舌，不知道是不是過度慌張的關係，說話的聲音都在顫抖。

他們看起來互相認識，和杜軒前幾次遇到的情況不同。

之前都是互不認識的人被放在一起，所以杜軒直覺認為遊戲挑選人的方式就是這樣，但遇到這群人之後，他就推翻了這個想法。

這些人似乎依舊沒有注意到他的存在，杜軒索性先暫時躲在貨架後面看看情況，倉庫很大、雜物眾多，雖然看上去是沒有隔間的開放式空間，卻很好藏身。

不管怎麼說，他一個陌生人想要打入團體裡是非常困難的事，若是隨意出現，搞不好會反過來被當成危險人物。

要是這些人想把他趕出去，他根本沒有力量反抗，所以杜軒選擇最安全的方式。

他抬起頭，趁那群人在互相確認彼此情況的空檔，爬上貨架。

雖然沒辦法爬得太高，勉強只能到第三層，但也足夠了。

「該死！那到底是什麼鬼？」

「嗚嗚……我想回家……」

黑色長直髮女孩縮在朋友懷裡瑟瑟發抖，忍不住哭出來。

她的朋友緊抱著她，卻沒辦法帶給她多少慰藉，一旁的男性友人則是趕快說點好話，想要給她一點希望。

「別哭了雅茹，我們會沒事的，那些怪物沒有追過來。」

另外一名戴眼鏡的男生聽到他這麼說，毫不客氣地吐槽：「但是遲早會發現我們。」

女孩又開始低聲啜泣，氣得對方忍不住向眼鏡男大吼：「你給我閉上嘴！」

「要不是你提議說什麼來鬧鬼的廢棄遊樂園探險，我們也不會遇上這種事。」

「我又沒邀請你，是你自己硬跟過來的。」

「但我女朋友想來，我能讓她自己一個人跟你們這群笨蛋來冒險嗎？」

「你說誰是笨蛋！」

「好了！景皓、偉學，你們都別吵了。」

看起來像是領頭的男生立刻過來把兩人分開，其他人也幫忙拉住這兩個人，就怕他們真的打起來。

就在這群年輕人爭論不休的時候，倉庫外面傳出低沉卻宏亮的喇叭聲。

聽起來很像是警報，但給人一種年代久遠的錯覺。

杜軒是第一次聽見這個聲音，可是這群年輕人在聽到後，全都臉色鐵青，臉上寫滿恐懼。

看樣子，這就是他們想逃離的「怪物」。

剛才發火的男生不悅地咂舌，「馬的……那東西還在附近？」

為首的男生點點頭，「我們不能停在這裡，要想辦法下山。」

所有人都同意這個決定，但問題是，他們連自己身在何處都不曉得。

「大家先在這喘口氣，我跟景皓到附近看看。」

「為什麼是我……痛！」

眼鏡男本來想抗議，卻被對方巴頭。

「少抱怨，給我過來。」

「嘖……知道了。」

兩個男生走到倉庫後面，從後門走出去，其他人則是窩在角落，完全沒有任何交談，安靜得可怕。

杜軒也維持原狀，無奈地感慨自己的運氣有夠糟糕。

光逃跑是不行的，得解開詛咒殺掉「怪物」，但是很顯然這群年輕人什麼都不知道。會來到這個空間就表示他們發生了會危害到性命的危險，不知道跟他們剛才提到的探險有沒有關係。

他甩甩頭，很快便放棄思考。

這些年輕人的事和他沒關係，反正他們會離開這裡，他只要待到那時候就好。實際上這群年輕人確實依照自己的計畫，在確認周圍的路線安全後便離開了倉庫，絲毫沒有猶豫。

杜軒只能在心裡祈禱他們平安無事。

靠近倉庫後門的角落，有間被玻璃窗隔開的辦公室。

杜軒不確定剛才那群年輕人有沒有發現這裡，但看到辦公室的門被鐵鍊捆住，加上玻璃窗全被膠帶貼起來，也不會想進去一探究竟。

不過對於需要更多情報的杜軒來說，搜查地形和區域內的物品是基本，他得找到這個區域的詛咒物品，而不是逃跑。

當然，這並不表示他不打算逃走，只是得在適當的情況下。

既然他一開始就是被帶到這間倉庫，就表示肯定有什麼線索。

和第四次進入的校舍不同，那是有範圍的建築物，情報和應對方式相對來說比較簡單，可是這次是開放式空間，也就是說，他無法確定這次遊戲的範圍有多大。

但按照基本情況來說，不可能會讓人在沒有線索的情況下開始遊戲，所以杜軒直覺認為這間辦公室應該會有他需要的東西。

只是，他對那群年輕人的反應感到好奇。

初次進入遊戲裡，腦袋裡應該會有簡單說明情況的「聲音」才對，但那群人無論是反應還是態度，看上去都不像知道自己的處境，只是在單純地「逃離危險」。

這究竟是怎麼回事？

「……是不是該追上去看看？」杜軒喃喃自語，但很快就放棄這個想法。

現在要去找那些年輕人，難度太高了，他還是專心做自己的事就好。

他不是神，也不是什麼英雄，不可能拯救得了所有人。

杜軒很有自知之明。

辦公室門把上的鐵鍊雖然捆得很緊，不過門把部分有些生鏽，看起來搖搖欲墜。

杜軒在旁邊找到滅火器，似乎是被人使用過後隨意扔在地上，要不是因為光線夠亮，恐怕還不會發現它的存在。

他拿起滅火器，用底部狠狠將辦公室的門把撞下來，順利進入裡面。

辦公室裡很整齊，只是灰塵很多，看上去很久沒有人使用過。

杜軒稍微搜索裡面的東西，很可惜，並沒能取得什麼有用的線索，但也不完全是沒有收穫，至少，他找到一張地圖。

辦公室裡居然會放附近地區的地圖？不管怎麼想都有些奇怪，就好像是刻意要讓人使用一樣。

照理來說，你不可能在辦公室裡放著你工作地點的地圖吧？用手機就能定位。

話雖如此，杜軒還是把地圖收起來。

有總比沒有好。

杜軒在把地圖塞進包包裡的時候，赫然發現之前在校舍裡撿到的手機居然也保留在包包裡。這個意外的收穫讓他驚喜萬分，同時也帶來悲劇。

手機沒電，連開機都開不了。

「嘖……我到底該高興還是難過？」

於是杜軒的第二個目標就是找充電線，幸好辦公室裡的東西還算齊全，加上這是人人都有手機的現代社會，要找到一條充電線不是什麼難事。

杜軒就這樣把手機放在插座旁邊等它充滿，並利用這段時間看地圖。

地圖的標示很簡單，但範圍很大。

除了這間倉庫之外，附近似乎還有幾棟建築物，但從地圖上看不太出來是什麼樣的建築，頂多只能確認占地面積和位置而已。

從等高線上標註的數字，可以判斷現在的所在位置是山區。

倉庫是在山腰附近，不高不低。

他想起那群年輕人提到的廢棄遊樂園，便在地圖上尋找它的位置，果然在距離倉庫不遠的地方發現有個比較空曠的區域。

雖然地圖上並沒有標示那塊區域是什麼，但是從面積來看，八九不離十就是他們提到的廢棄遊樂園。

杜軒很想去那裡看看，不過，真的太危險了，他有些猶豫。

「果然單獨行動風險太高，可是也不可能和那群年輕人一起……這下頭痛了。」

等待手機充電的時間非常無聊，同時也很安靜。

杜軒盯著地圖發呆，甚至開始打瞌睡，直到一陣低沉的警報聲響徹天空，把他嚇到從椅子上摔下去，才猛然驚醒。

「呃！什……什麼？」

杜軒用手背擦掉嘴邊的口水，反射性躲進辦公桌下。

警報聲持續的時間很長，至少有兩、三分鐘，而且聲音十分響亮，像是距離他很近。

忽然，倉庫一震晃動，外面似乎有某種東西正抓著倉庫搖晃，像是要把屋頂掀開。雖然建築最後安然無恙，但似乎扯斷了電纜線。倉庫瞬間陷入黑暗，而警報聲仍在耳邊迴響。

接著，是劇烈的咚咚聲，感覺鐵皮屋頂都快被打爛。

杜軒沒想過要找機會逃出去，而是留在原處，努力讓自己保持冷靜。

過沒多久，警報停止，倉庫外面也隨即恢復寧靜，彷彿從沒發生過任何事。

杜軒多待在辦公桌底下幾分鐘，確定外面沒有半點聲響後，才慢慢爬出來。

手機只充滿五十趴電量，雖然勉強夠用，但維持不了太久。

倉庫沒有對外的窗戶，也沒有燈光，什麼都看不到。

幸好杜軒的位置是在辦公室裡，而後門就在旁邊，多少還是有辦法能夠摸黑離開倉庫，但他不確定現在走出去外面是否安全。

杜軒草草將桌上的地圖和手機收進胸包，最後還是決定從後門離開。

他的直覺依舊不錯，倉庫外面很安全，而且也比裡面來得明亮。

天空上高掛著潔白的月亮，就像是夜晚的太陽，光線十分充足。不說的話，看起來還真有點像是月光自己會發光。

杜軒抬起頭，不看還好，一看心裡都涼了一半。

倉庫屋頂不知道被什麼力量弄得凹凸不平，就像是被句人用拳頭毆打過。

「看來這應該就是這次的『怪物』。」

他經歷的四次遊戲，每次遭遇的怪物都不一樣，而它們的目的都相同，就是要獵殺所有人。

只不過，剛剛的怪物出現的契機有些奇怪，既不是因為聲音也不是因為光線，看上去也不像是知道裡面有人一樣，反倒讓人懷疑它只是在胡亂攻擊。

但，無論如何，總有個「契機」才對。

杜軒沒有花太多時間去思考原因，他決定先往地圖看到的大片空地前進。

可惜，事情並不如他想的那般順利。

突然有幾個人神色慌張地從樹林裡衝出來，看也沒看，就直接從杜軒的肩膀撞過去，無視他的存在，手忙腳亂地打開倉庫後門。

「救、救命啊！救命——」

後方傳來嘶啞的求救聲，但沒有人停下腳步或是回頭幫忙，衝進倉庫後立刻緊緊將後門關上，杜軒甚至還聽到裡面的人拿東西把門堵上的聲響。

杜軒的臉都綠了，他全身僵硬地轉過頭，發現地上躺著一個滿身是血、缺了條左手臂的年輕男人。

他倒在地上抽搐，血腥味頓時撲鼻而來，杜軒忍不住往後退幾步。

「怪物」不可能造成這麼血腥的傷，只可能是人為。

當下杜軒只想到快跑，可惜他晚了一步。

穿著軍靴，身後背著許多把槍械的壯碩男子，從樹林裡慢慢走出來，並一腳將倒地男人的頭顱踩扁。

親眼看到有人頭顱破裂、腦漿溢出的畫面，杜軒差點沒吐出來。

他之前遇到的情況都是怪物直接把人吞噬，從來沒有發生過這種事！

忽然，杜軒感覺到一陣惡寒，臉色鐵青地抬起眼，和這名殘忍的男子四目相交。

杜軒嚇到頭皮發麻，急忙轉身逃跑，同時也清楚聽見對方扣下板機的聲音。

咻——！

槍響的聲音很輕，和想像中不同，但對方確實朝他開了槍。

杜軒在千鈞一髮之際躲到樹幹後面，所以子彈並沒有打中，樹幹替他扛住了攻擊。

腳步聲逐漸逼近，杜軒知道對方追殺過來了。

他真的很倒楣，無端捲入危險，還成為替代剛剛那群受害者的誘餌。

沒時間抱怨，保命要緊，就算不知道眼前的路通向何方，杜軒也還是得前進。

在樹林裡的話，對方不好用槍瞄準，至少能確保不被槍打死，但是如果被追上的話就沒辦法了。

想靠面對面格鬥打贏對方，百分之百不可能。

雖然在辦公室裡看過地圖，可是在樹林裡狂奔，根本沒有時間判斷方向，就連手機也沒機會拿出來。

杜軒只能逃，盡全力逃，並祈禱自己有辦法逃過對方的手掌心。

「搞什麼……這次到底是怎麼回事？」

焦慮讓杜軒忍不住抱怨，而且總覺得對方離他越來越近。

子彈一次次打在身旁的樹幹上，幾次之後杜軒就很肯定，那把槍肯定裝有消音器，所以聲音才那麼小。

他這輩子還是頭一遭被人用槍瞄準。

只顧著往前逃跑加上不熟附近地形，杜軒其實心驚膽顫，深怕一個不小心踩空。

事實證明，人就是不能想太多。

才剛往壞方面去想，下一秒腳還真的踩空。

「呃！」

杜軒悶哼一聲，整個人往前摔，像顆皮球般不停滾動，直到撞在樹幹上面才停下來。

受到撞擊的是腹部，杜軒差點沒吐出來，還好滾落的速度並不快，否則他肯定會痛到昏過去。

深怕子彈不長眼，趁機朝他狂射，杜軒咬緊牙根，硬是爬了起來。

走沒兩步，他又腳滑摔倒，子彈就這麼剛好從他的頭頂飛過去，射穿正後方的樹幹。

杜軒的臉都白了，心裡狂飆髒話。他壓低身軀，盡量貼緊地面。

軍靴踩踏落葉的聲音越來越近，杜軒的心跳得飛快，緊張到不敢呼吸。

看樣子，他的好運已經用盡。

杜軒閉上眼，就在決定放棄的瞬間，忽然被人從地上用力撈起來。

他嚇了一大跳，還沒搞清楚發生了什麼事，耳邊就傳來一聲槍響。

和追殺他的消音槍不同，那是響亮到差點沒讓他耳聾的槍聲。

杜軒一臉茫然地看著從山坡上滾落的黑影，直到對方消失在視線範圍外。

「沒事吧？有沒有哪裡受傷？」

低沉的男聲，用毫無起伏的語氣詢問。

杜軒感覺到對方把他小心翼翼地放回地上，這才回過神，急忙轉身道謝。

「沒、沒事，謝謝你……咦？」

雖然對方背對月光，模樣並沒有照得很清楚，但杜軒記得那個眼罩，也記得那剛硬的嘴角。

這個人，他認識。

同時也想不透，為什麼會在這裡遇見他。

SOULS x SLAUGHTERS

第五夜

狩獵場（下）

「夏司……宇？」

夏司宇看著他的視線依舊冷冰冰的，但至少沒有殺意。

他收起手槍，把杜軒頭髮上的樹葉取下來。

「你還記得我的名字？」

「當然啊！才過一個禮拜左右而已，我的記憶力沒那麼差。」

「……是嗎。」

夏司宇似乎想說什麼，但最後決定放棄，這樣反而讓人充滿好奇。

但杜軒沒有主動詢問，因為現在的情況非常不合適。

他唯一知道的，是夏司宇剛才開槍把追殺他的男人打死了。

「槍法真準。」

「你想對我說的只有這句？」

杜軒搔搔後腦勺，半信半疑地回答：「呃、謝……謝謝你救了我？」

夏司宇仍舊面無表情，把放在杜軒頭上的手收回。

「我才想問你怎麼又跑回來，你之前不是已經順利離開了嗎？」

「哈哈……這個嘛……」

杜軒正猶豫著要如何解釋，不料，一陣雷鳴般的爆炸巨響打斷了他。

兩人同時抬頭看向天空，發現有一束灰白色的煙裊裊升入夜空，怎麼看都不像是爆炸後的樣子，倒像是有人在升營火。

「怎麼回事？」

「你不用管。」夏司宇爬上坡，並對杜軒招招手，「跟我過來，我帶你到安全的地方去。」

「這裡會有『安全』的地方？」

「如果你想繼續待在樹林裡，我也不介意。」

「我跟你走。」杜軒毫不猶豫，立刻做出決定。

他跟著夏司宇爬上林坡，回到樹林中的小徑，這時才發現周圍完全分不清楚東南西北，就算有月光輔助，景色看起來也都一樣，根本找不到方向。

夏司宇似乎對這裡很熟，輕輕鬆鬆就帶著他走出樹林，不過他們前進的方向和剛才冒白煙的地方相反，不知道是不是夏司宇刻意遠離。

這還是杜軒第一次在遊戲中遇見認識的人，雖然兩人之前只是相處過短短幾小時，都還不熟悉彼此，但畢竟是在這種情況下相遇的，比起獨自亂跑，和認識的人在一起比較安心。

夏司宇帶著他來到空曠的地區，因為沒有什麼遮蔽物，光線比樹林裡明亮許多，所以杜軒也能輕鬆看清楚這片土地上的事物。

遊樂設施、一層樓高的矮房、廢棄的餐廳、放置物品的儲物櫃，杜軒意外地發現，這裡是他之前在地圖上看到的那片空曠區域。

「來這邊。」

夏司宇帶頭走在前面，進入餐廳。

由於廢棄許久的關係，天花板坍塌、座位區也凌亂不堪。

夏司宇並沒有停在外面這區，而是推開結帳櫃臺後面的門。

門內是溫暖的燈光，加上鋪了幾張毛毯、稍微整理過的乾淨空間。

光線源自於放在地上的露營燈，光線偏黃，有種落日氣氛。

夏司宇整理了一小塊區域後，把杜軒拉過來，讓他坐在毛毯上休息。

直到他面無表情地抬起杜軒的右腳，杜軒才發現自己的小腿上有大片擦傷。

大概是剛才滾下坡的時候弄到的，如果不是夏司宇，他也不會注意到。

「你命真大。」

「我可是拚了命想活下去。」

「看得出來。」

夏司宇用清水稍微清潔他的傷口後，用布擦拭乾淨，再用乾淨的碎布包紮起來。

這是杜軒第一次在遊戲裡受見血的傷，也是第一次被人這樣小心翼翼照顧。

他內心懷抱著感激之情，對夏司宇多了一份信任——直到突然被他撩起上衣。

「哇啊啊啊！你幹嘛！」

杜軒立刻把衣服拉回去，氣急敗壞地大叫。

夏司宇皺著眉頭，一副「沒什麼大不了」的表情。

「都是男人，有什麼關係？」

「關係可大了！話說回來，我不知道你是那邊的人！」

夏司宇愣了幾秒，眉頭越皺越緊。

「你到底在說什麼？」

「抱歉，我對你可沒那種意思，就算你救過我的命，我也不可能把屁股交給你。」

「……我是在看你剛才撞到的地方。」

「……欸？」

兩人之間頓時鴉雀無聲，杜軒整張臉漲紅起來，真心想找個洞把自己埋進去。

沒想到他居然誤會夏司宇的好意，有夠丟臉。

「對、對不起，是我想太多了。」

「虧你在這種情況下還能想歪。」

「不……那個……因為有點突然所以……」

杜軒有理也說不清，只能怪自己的腦袋靠不住。

他自己撩起上衣，打算轉移話題。

「麻煩你幫忙檢查了，剛才那一下真的有夠痛。」

夏司宇並沒有追究他的失態發言，伸手摸了摸他的腹部。

「看起來應該沒什麼問題，你運氣還不錯。」

「我當時真的以為會死。」

「如果沒遇到我的話，百分之百會。」

夏司宇把他的上衣拉好，盤腿坐在他面前的地上。

杜軒看到他自己坐在髒兮兮的地板上，卻把乾淨的毛毯讓給他，總覺得有點不好意思。

這個男人雖然看起來冷冰冰的，卻很會照顧人。

「你看起來比我更了解這裡的情況，能給我一些情報嗎？」杜軒知道情報不可能簡單換取得到，於是便把手機拿出來遞給夏司宇，「酬勞用這個來付。」

夏司宇對他提出的條件交換，顯然沒有太大興趣。

「我不需要那種東西，但你確實應該了解自己現在的情況。」

「難道說，你要白白給我情報？」杜軒歪頭盯著他，十分不能理解。

「我既然幫了你，就不會半途而廢。」

「意思是你打算幫我幫到底？為什麼？」

「……就當我多管閒事。」

夏司宇似乎不願意說明理由，杜軒也就不好再繼續問下去。

簡簡單單就得到一個強而有力的伙伴，真的沒問題嗎？

坦白說，杜軒心裡很不踏實，但現在也只能相信夏司宇不會害他。

「這個地方是狩獵場，看你的反應，應該是第一次來？」

「狩獵場？要狩獵什麼？」

「人。」

他真不該問的。

問了等於白問。

「負責狩獵的就是剛才拿槍對準我的人？」

「除他之外還有其他人，數量不少，除此之外……你之前有聽到警報聲吧？」

「有，警報聲出現的時候怪物也會出現。」

「那是叫做『警笛頭』的怪物，你可以把它當成負責追蹤獵物的獵犬，它不會殺人，但會解決屍體，和之前在校舍裡遇到的怪物有點不同。」

「不會殺人？真的假的……但我剛才遇到它的時候，它可是快把屋頂掀了。」

「因為它負責的是找尋獵物，所以會想辦法把獵物引出來。」

「總而言之就是要避開它。」杜軒得出結論後，嘆了口氣，隨即抬起頭，表情嚴肅地直視夏司宇的綠眼，「話說回來，你剛才說了我是『第一次』來到狩獵場對吧？聽上去你似乎知道我已經不只一次參加遊戲了。」

杜軒不傻，夏司宇說出口的話，他可是聽得清清楚楚。

他們不過是第二次見面，但夏司宇的口吻聽起來似乎很瞭解他參加遊戲的次數。

夏司宇本來就不打算隱瞞，倒不如說，打從他決定幫助杜軒的那瞬間開始，他就決定要跟他坦白。

只不過，他不確定杜軒是否能夠理解他說的話。

「我知道你不是第一次參加遊戲。」

「廢話，我們之前就遇過。」

「我指的是在上次遇見你之前。」

杜軒很驚訝，但是沒有表現出來。

「在校舍與你相遇之前，我就見過你幾次，只是你不知道而已。」

「呃、這樣聽起來很奇怪，好像你一直都待在這裡，但是我每次參加的遊戲都不一樣，你為什麼會……」

夏司宇知道杜軒現在腦袋亂成一片，換作是他可能也沒辦法立刻釐清頭緒，但現在，杜軒必須要知道這些事。

「……你大概覺得我跟你一樣，都是在面臨死亡時來到這個空間的吧？」

杜軒皺眉。

「難道不是？」

「我跟你……不一樣。」

「不一樣是什麼意思？」杜軒哈哈苦笑，半開玩笑地說：「難道說你一直都待在這個死亡空間？」

他原本是想用輕鬆的態度來瓦解尷尬的氣氛，卻失敗了。

夏司宇連笑都笑，就像是默認他說的話。

杜軒決定放棄思考。

「剛才我提到這裡是狩獵場，你還記得嗎？」

「記得，還有就是獵人不只一個對吧。」

「嗯，我也是其中之一。」

杜軒瞪大眼，昏黃燈光照著的側臉，清楚看到汗水滑落。

他停頓了好幾秒，才勉強發出聲音。

「……啥？」

「像你們這種在死亡的瞬間被帶到這裡來、強行進行遊戲的人，就是這場狩獵遊戲的獵物，而我這種一直待在死亡空間的人，則是負責獵殺你們的獵人。」

「如果是這樣的話，你為什麼要救我？」

杜軒不懂，若夏司宇說的是實話，那當時和剛剛他都不該救他，而是殺他才對。

可是夏司宇開槍的對象，是同樣身為「獵人」的男人，而不是他。

夏司宇垂下眼簾，盯著搖曳的燈火，不發一語。

許久，杜軒才終於再次聽見他的聲音。

「你現在只要知道這些事就好。」

確實，就像夏司宇說的，目前他只需要知道有用的情報就好，其他事情不是現在應該去深究的問題。

但他也無法否認，夏司宇給的情報太巨大，而且太多讓人在意的點，很難不讓他產生好奇心。

杜軒深吸一口氣，慢慢沉澱手邊的情報，將夏司宇告訴他的事情在腦海梳理一番，雖然大概能夠確定眼前的危險是什麼，不過，沒有如何離開這裡的情報。

「你知道要怎麼樣才能結束這場狩獵嗎？」

夏司宇搖搖頭，「狩獵是不會結束的，只會追殺你直到死亡為止。」

「不是找到詛咒物品消滅怪物？」

「你現在的主要敵人不是它們，而是獵人。」夏司宇補充解釋：「那些『獵人』都跟我一樣，是有殺人能力的專家，普通人根本逃不了。」

「意思是我只能等著被殺，或是被你保護。」

「就現況來說，是這樣沒錯。」

「但這樣不是很奇怪？既然是遊戲，就一定有結束的方法。」

「你說得沒錯，可是，這跟你之前接觸過的那幾場遊戲完全不同，所以不能用同樣的方式來理解。」

杜軒之前的四次經驗，都是找出詛咒物品、解除詛咒，這樣就能結束遊戲回到臨死前的那一刻，順利逃過死劫——就像他之前成功在車禍中活下來那樣。

臨死前進入遊戲，成功逃脫就能逃離死亡命運；失敗的話就是直接死亡。

想活下去，全憑自己的實力，而不是交給老天來做決定。

「不管怎麼說，總有結束的辦法吧。」

「……至少在我所知的範圍內，沒有。」

夏司宇不像是會說謊的人，杜軒知道，他是真的不清楚。

而自己，也不可能一直這樣逃下去。

「坦白說，我沒想到會在狩獵場遇到你，因為來到這裡的人都必死無疑，只是時間上的差異。」

「所以才沒有結束的方法？」

「對。」

杜軒嘆口氣，相當無奈。

「該不會是因為我死裡逃生太多次，所以這回乾脆就把我丟到這個必死無疑的地方來，確保我不會再逃走？」

夏司宇眨眨眼，用冷峻的表情對他說：「你的想法還真有趣。」

「我都懷疑自己是不是被死神盯上，所以才會遭遇那麼多次死亡危機。」杜軒雙手環胸，盤腿坐在地上，認真思考，「但這次真的很奇怪，我明明還在店裡上班，也沒發生什麼事，就突然被帶到這裡來，這種情況還是第一次。」

「想理由什麼的，是在浪費時間，誰都不知道這個空間是誰造出來的，又是誰在操控這些遊戲。」

「連身為獵人的你也不知道？」

杜軒很驚訝，他還以為夏司宇知道的事情應該比他多才對，相對於類似「玩家」的他來說，夏司宇的立場更偏向死亡遊戲的主辦方。

夏司宇一臉無奈，「我知道的並不比你多。」

「那你是怎麼知道這個狩獵場的事情，還有你屬於獵人身分這些事？」

「大概……跟你們一樣，都是聽見『腦海裡的聲音』。」

打從第一次被帶到這個空間的那一刻起，每個人的腦海裡就已經被植入基本的情報，然而沒人見過提供情報的對象，也沒人知道這些「遊戲」以及這個空間背後的主謀者，究竟是何方神聖。

將「找出詛咒物品消滅詛咒」這件事視為「遊戲」這件事，也是所有人心裡的共識，因此沒有人懷疑過，也沒有人會去思考原因和理由。

植入腦海的「情報」，比想像中還根深蒂固。

「稍微睡一下吧。」夏司宇突然對杜軒說，「你的臉色看起來不太好。」

杜軒摸摸臉頰，並沒有感覺到疲累，不過夏司宇卻說了跟他同事一樣的話。

「真的有這麼糟糕？」

「看起來像是晚上沒睡好。」

夏司宇指著地板，「休息一、兩個小時對你來說比較好，再說，也不確定你還得在這裡待多久。」

要他在這種情況下睡覺，坦白說他做不到，可是夏司宇十分堅持。

杜軒沒辦法，只能乖乖平躺，雖然地板很硬，睡起來一點也不舒服，但奇怪的是，他沒花幾分鐘就在不知不覺中睡著了。

夏司宇看著杜軒熟睡的表情，起身走向旁邊的桌子，拿出放在大包包裡的多樣武器，同時也把剛才射殺男人的手槍拿出來，平放在桌上。

面無表情的他，讓人猜不出心中的想法。

夏司宇聽著杜軒平穩的呼吸聲，靜靜整理手邊所有的武器，任由時間流逝。

如同剛才跟杜軒坦白的，夏司宇已經見過杜軒很多次，只不過之前都沒有和他直接碰面。上回在校舍偶遇，真的是出乎他的意料。

他還記得第一次見到杜軒時，對方正在跟其他人一起行動。當時的規則也是尋找詛咒物品解除詛咒，雖然杜軒看起來很菜，卻表現得很冷靜，而且還很熱心地幫助其他人。

夏司宇見過很多來參加遊戲的人，大部分在剛開始都願意當個好人，但在遇到怪物、性命受到脅迫後，早晚會選擇拋棄或利用他人來活下去，可是杜軒卻不同。無論眼前有什麼樣的危險，只要是在能力範圍之內，杜軒就會去幫助需要幫助的人。重點是，他並不會無腦濫情地見人就幫，而是會依當下的情況來評估能不能出手幫忙。

不是傻傻當好人，也不是想成為拯救所有人的熱血英雄，杜軒的方式更加聰明冷靜，讓人無法討厭。

自從第一次見到他開始，夏司宇就很在意杜軒，但他一直覺得兩人不會再相見。畢竟這些遊戲是隨機性的，無法百分之百確認是否還會再相遇，況且只有垂死之人才會被帶到這個空間，而通常，一個人只會來到這個空間一次。

可是，不知道為什麼，他卻接二連三遇到杜軒。

第二次見到杜軒的時候，夏司宇非常驚訝，因為和上次相隔的時間有點短，在這麼短時間內又再次來到「遊戲」中，實在很奇怪。

第三次，夏司宇由驚訝轉變為懷疑，甚至思考這背後會不會是有什麼陰謀；而第四次，他則是因為強制參與遊戲的關係，被直接帶到校舍，和杜軒見到面。

當面和杜軒接觸過之後，夏司宇更加確認自己的直覺沒錯。

杜軒是個好人，他從未遇過杜軒這種類型的人，所以對他產生好奇心。

只不過，夏司宇怎麼樣也沒想到，總是被帶到「解除詛咒」任務遊戲中的杜軒，這次竟然會出現在狩獵場，這裡和他之前接觸的遊戲，完全是天與地的差別。

因為這裡是百分之百會將人性和生命徹底抹去的地方。

邊思考邊整理武器的夏司宇，拿著剛確認完彈匣的手槍，視線瞥向門口。在確認杜軒還在熟睡後，夏司宇默不作聲地走出房間。

凌亂、骯髒的廢棄餐廳仍舊鴉雀無聲，雖說能夠隱約聽見樹林方向傳出的低沉警報，但距離很遠，完全不會造成任何威脅。

天花板的一處破洞下方，有著兩張面對面擺放的長沙發椅，面向他的那側坐著一位女子，彷彿知道夏司宇會出來找她一樣，翹著二郎腿、態度悠哉地對他露出笑容。

天空上的月光照亮沙發區的位置，同時也將女子的模樣照得一清二楚。

這張臉很熟悉，夏司宇對她並不陌生，只是覺得麻煩。

夏司宇冷著臉一步步走過去，語氣不耐地問：「……妳在這裡做什麼？」

「跟同伴見面時，至少該打個招呼吧？」

「我和妳不是同伴。」

「呵，不是同伴是什麼？我們跟那些『活人』不同，可是徹徹底底的『死人』。」

夏司宇瞇起眼，對女子的說法感到不太舒服。

這名年輕女性就是校舍中那個拿玻璃劃傷高中生的人，坦白說，夏司宇真的沒想到會在這裡再度見到她。

當時夏司宇立刻查覺到女子的身分，以及和他是「同類」這件事，只是他並沒有拆穿，而是選擇沉默。

因為以他當下的判斷，說出那些話只會讓情況變得更混亂，同時也會讓自己跟女子是同類的事情曝光。

在校舍遇見的人跟杜軒一樣，都不知道他們的存在，所以完全不會防備，因此才會輕易被女子利用，說來也很可悲。

「就算我跟妳一樣都是死人，也不代表我們是一伙的。」

「男人就是這樣，想法跟石頭一樣硬梆梆，不知變通，所以才讓人討厭。」

女子的語氣很討人厭，聽上去似乎很討厭男人，但是讓夏司宇對女子產生敵意的理由，並不是因為這點，而是她的做事方式。

女子當然也感受到夏司宇不歡迎她這件事。

「不要這麼凶嘛！我找你找得很辛苦欸，都不知道花了我多少的力氣。」

「有什麼事？」

「當然是抱怨啊！抱怨！」女子攤手道，「之前你在學校裡壞了我的好事，要不是因為你插手，我可以把所有人都殺掉的說。」

女子嘟起嘴，故意用可愛的表情抱怨，但對夏司宇完全無效。

夏司宇知道她是在說之前遇見杜軒的那一次，而他，根本沒打算向她道歉。

「我不喜歡妳利用他人的好意來奪取性命的方式。」

「我們的任務就是殺人，只要能達成目的，無論用什麼方式都無所謂吧。」

「但是妳故意隱瞞身分，藏在團體中，還故意用傷害人的方式來引發爭執，緩慢地將人一個個解決掉……這種做法，很卑鄙。」

「難不成你要我學你開槍殺人？我可是個弱女子耶。」

「這話聽起來真好笑，我倒覺得妳比習慣扣板機的我還要危險。」夏司宇說完，突然舉起手槍轉身對準餐廳門口。

黑暗的樹林裡，一名男子搖搖晃晃地走進來。

他無視瞄準自己腦袋的槍口，從夏司宇身旁走過去，大刺刺地坐在女子對面的沙發椅上。

「你還真敢對我開槍，就算是搶獵物也太超過了。就算我是死人，被槍打到還是會痛的好嗎！」

男子身上全是樹葉，看起來相當狼狽，頭上甚至有處明顯的槍傷——這個人就是不久前向杜軒開槍，而後被夏司宇的手槍擊中的獵人。

夏司宇頭痛萬分地搖搖頭，今天究竟是什麼好日子，麻煩接二連三地找上門來。

「我不是在搶獵物。」他修正對方的說詞，慢慢將舉起的手槍收回，「還有，雖然我也在狩獵場裡，但我並不想成為獵人。」

夏司宇對男人毫無憐憫之意，不過他也不打算增加敵人。

尤其是這種殺不死的死人。

「哈！這是我聽見最好笑的笑話，不想殺人？你的想法還真可愛。」

「……隨你怎麼解釋，總之，我不會違反自己的原則。」

「我說，你可別太過猖狂了。當我們存在於這個空間的瞬間，就已經失去自由選擇的權利了。」男子臉色一暗，惡狠狠地瞪向夏司宇，「我看你應該才來狩獵場沒多久，這樣的話，我還能當你不懂事。但是狩獵場有個規矩，就是不搶別人的獵物，你最好下次別再這麼做，否則我不會客氣。」

「聽起來真有趣，意思是你下次就會殺了我？」

「不，我會讓你痛不欲生。」

夏司宇與男人之間的對峙，將氣氛拉到最低點，女子做為旁觀者，倒是早就習慣這種場面，並不打算阻止，也不想插手。

「話說回來，我們真的很有緣，之前才在校舍裡相遇，現在又在狩獵場偶然碰面，你難道不覺得這就是命運？」

女子笑嘻嘻地捧著臉頰對夏司宇說。

夏司宇冷眼看她，實在搞不懂這女人腦袋裡都在想些什麼。

明明上一秒還在抱怨他干擾她的計畫，現在卻突然開始套交情，未免也太善變了。

男子沒有說什麼，似乎對沙發椅很滿意，直接躺下。

夏司宇看著這兩個不速之客，要是他們繼續賴著不肯走的話，肯定會發現杜軒也躲在這，到時候肯定得用武力將這兩個人排除。

「你們還要賴在這多久？」

「怎麼？這麼快就要趕人？」男子冷哼，不以為意，「這個地方可不是你的，我想待多久就待多久，你管不著。」

「呵呵，還是說你藏著什麼寶貝，不想讓其他人發現，所以才急著趕我們走？」

女子的第六感倒是很敏銳，讓夏司宇對她的戒心又提升不少。

「我不喜歡多人行動。」

「行行行，你要當孤高的獨狼，自已去，反正老子要待在這裡。」

男子煩躁地朝夏司宇揮手，反客為主地驅趕他。

言下之意就是他就是要待在這，哪都不會去。

女子臉上堆滿笑容，似乎很喜歡看這兩人吵架的模樣，完全就是個吃瓜群眾。

夏司宇拿他們沒辦法，正苦惱著該怎麼辦才好的時候，女子突然提議：「我們也是有緣才會相遇，而且都是死人，要不要乾脆交個朋友？」

「都說了我不想多人……」

「有什麼關係嘛。」女子笑彎雙眸，轉頭盯著角落說道：「要不然，問問你『同伴』的意見怎麼樣？」

同伴？

夏司宇愣在那，聽不懂她在說什麼。當他反應過來的時候，才驚覺情況不對，立刻順著女子的視線看過去。

角落雖然昏暗、沒有月光，但仍然能隱約看見人的輪廓。

也許是因為被發現的關係，逃也逃不掉，對方很乾脆地從黑暗中走了出來。

「你什麼時候……」

「我本來就是那種淺眠的人，很容易醒來。」杜軒搔搔頭，有點不好意思，「抱歉，偷聽你們聊天。」

女子笑得很開心，但杜軒卻緊張到額頭冒汗。

他原本只是想知道夏司宇為什麼離開這麼久，擔心他是不是出事了，才會出來看看，怎麼樣也沒想到會看到這種情景。

不久前追殺他的獵人，以及之前在校舍遇過的女孩，全都聚集在一起。

這些都還不是重點，因為三人的對話聽起來很奇怪，尤其是剛才那句話——

「夏司宇，『死人』……是什麼意思？」

夏司宇只有跟他說過，他一直待在死亡空間，同時也是這個狩獵場的獵人，但是從沒提過「死」這個字。

話說回來，夏司宇曾說過他們不一樣，難道說，這就是原因？

夏司宇沒想過自己會因為被杜軒聽見對話而手足無措，看來他比想像中還不想讓杜軒知道事實。

夏司宇面無表情的臉，總算有了點變化，這讓女子十分滿意。

「原來你藏起來、不想讓人發現的寶貝，就是這個活人？」

「這還真有趣，我以為你已經把他殺了。」男子也從沙發上爬起來盯著杜軒，沒想到他以為早就被夏司宇殺掉的獵物，竟然還活著。

甚至，在「保護」他？

夏司宇無視這兩人說的話，大步走向杜軒。

他站在杜軒面前時，表情一如往常，彷彿剛才那短短幾秒的變化只是錯覺。

「別待在這，不要理會那兩個人說的話。」

「意思是你不打算跟我解釋清楚？」

「……不，不是。」夏司宇不知道該怎麼說，但他不想讓杜軒接觸這兩個人。

女子不但沒乖乖閉嘴，還在一旁火上加油地說：「保護人可不是我們的任務，你這樣可是會永遠被困在這個鬼地方的哦——」

「閉嘴。」夏司宇咬牙，厲聲喝止女子，「就算沒辦法殺死妳，我也還是有很多方式能讓妳生不如死。」

女子完全沒在害怕，反而高興地說：「終於有點像樣的表情了，現在這樣才對嘛！」

男子見狀，忍不住插嘴：「妳這女人看起來挺可愛的，沒想到說話這麼粗魯。」

「我可是很努力地想離開這個鬼地方，在達到目的前，就算被當成人渣也無所謂。」

「說得挺有道理的，我欣賞。」

「呵呵，謝謝大叔。」

「別叫我大叔，我才二十幾歲。」

「不會吧——完全看不出來。」

不知道為什麼，這兩人開始聊起天來，而且氣氛還相當和樂融融。

夏司宇有些尷尬，他看著杜軒，不發一語。

先開口的，是杜軒。

「你知道我想離開這裡，那麼只要是有用的情報，我都想知道。」

「……即便事實聽起來很不合理？」

「來到這個空間本來就不是件正常的事，無論是什麼，都嚇不到我的，所以——」

杜軒的眼神認真，口氣肯定地對夏司宇說：「不要顧慮我，也不要把我當成保護的對象。要是你真的想幫我，就更坦白一點面對我。」

夏司宇瞪大眼眸，直勾勾地看著杜軒。

他的眼神是那麼清澈、堅定，雖然不能說完全不帶恐懼，但他仍毫不猶豫做出選擇，沒有後悔。

夏司宇只能投降，放棄掙扎。

「我知道了，我會坦白。」

「那好。」杜軒抬起頭，與他四目相交，「那首先，告訴我你究竟是誰。」

第六夜

死者與活人（上）

夏司宇和杜軒坐在另外一側的座位區，遠離那對想要看好戲的男女。

他不知道該從何說起，於是便把自己所知道的，關於這個世界的事情告訴杜軒。

「我跟你說過我是名軍人，你還記得嗎？」

「記得。」杜軒雙手環胸，歪頭問：「你沒唬我，真的是軍人？」

「真的，不過是個已經在戰場上死掉的軍人。」

夏司宇的態度一直都很認真，不會讓人懷疑他說的話。

杜軒也很想相信，只是夏司宇必須用更有力的說詞來說服他才行。

「你怎麼知道自己死了？」

「因為我知道自己是怎麼死的。」

「所以你是類似於……鬼這類的東西？」

「我也不確定，雖然我們不會死，但會流血，就像是還擁有身體一樣。」

「身體……嗎？」杜軒看了一眼自己腿上的傷，垂下眼簾，「我也有這種感覺，就好像是穿越到其他陌生空間，可是這樣聽起來，你跟我差不多不是嗎？」

「不，我是沒有辦法離開這個地方的，但你可以。」

「可是你不也是參加了遊戲？只要達成目的的話，你也能離開吧？」

「我的事情並不像你想得那麼簡單。」夏司宇搔搔頭，嘆口氣，「看來我還是從頭慢慢講起比較好。」

「盡量簡單點，別說得太複雜。」

「你當我是在跟上司做簡報嗎？要求真多。」

「我們還在狩獵場，哪來那麼多時間聽你慢慢說明。」

「……知道了。」

夏司宇露出厭煩的表情，不過沒有拒絕杜軒的要求。如他想要的，夏司宇用最簡單的方式告訴他自己所知道的事。

簡單來說，這個一直被杜軒稱為「遊戲」的空間，是類似於地獄或黃泉之類的地方，聽上去有很多種解釋，但總歸就是靈魂待著的地方。

來到這裡的，被分成生者與死者兩種靈魂。生者就像是杜軒這樣，垂死時被帶到這個空間，毫無理由地強迫進行遊戲，贏了就能離開，輸了就死；至於像夏司宇這樣本來就存在於空間中的死者，則是沒有選擇。

他們的目的就只有一個——殺死來到這個空間的生者，利用這些靈魂來減少待在這個空間的時間。

「你可以想像這個地方是個監獄，囚禁像我這樣擁有殺人能力的死者，利用我們來獵殺送到這個世界來的生者、蒐集他們的靈魂來減刑。」

「確實淺顯易懂。」杜軒摸著下巴，不得不佩服，夏司宇雖然看起來不像是個會把情報歸類整理的聰明人，實際上卻很拿手，有點出乎他的意料。

「來到這裡的人，基本上就是靈體型態，但是『靈體』上受的傷，會在你們回到自己的身體時，一併帶回。」

夏司宇指著杜軒的腿傷說：「你在這裡受了傷，就算回到原本的世界也還是會留有這個傷的存在，換言之，要是你在這裡死掉的話——」

「……回到原本世界後的我也會死。」

「就是這樣。」

杜軒忍不住往旁邊倒下，無力地躺在長椅上，不是很想面對這個現實。

雖然這已經是他第五次進入遊戲，不過一直以來都懵懵懂懂，總之只要條件通關就能順利離開，也就沒把事情想得太複雜。

天曉得，還會分什麼活人死人，搞得這麼麻煩。

杜軒沒有辦法懷疑夏司宇所說的話，因為他本來就知道，這裡不是個「正常」的空間，就連是誰、又為什麼要多次讓他出入這幾個問題，都找不到解答。

因此，杜軒果斷決定接受眼前的事實。

對已經踏上賊船的他來說，否定或假裝這一切都是假的，也未免太像個瘋子。

他還沒蠢到這個地步。

「你說過狩獵場和之前我參加過的遊戲不同，那是什麼意思？」

「就像你所知道的，那些地方的目的是『解除詛咒』，但這裡並不是……」夏司宇邊說邊皺起眉頭，開始低聲碎碎念：「說起來我本來就懷疑你為什麼會出現在這，這裡不該是你來的地方，難道說你這次真的遇上死劫了？」

「喂喂喂！別隨便下定論啊！我還沒死呢！」

杜軒急忙為自己辯解，不想被夏司宇當成「同類」。

「進入狩獵場裡的人，都是已經確定死亡的靈魂，他們無法回到身體裡，自然也就不需要去解除詛咒，離開這個地方。」

「呃、既然已經確定死了，那為什麼還要做這種麻煩事？」

「這種事你別問我，去問搞出這一切的罪魁禍首。」

「你知道是誰？」

「當然不知道。」

「那你幹嘛講得一副好像知道這地方是誰搞出來的樣子。」

「我待在這裡的時間比你想像得還要久，但是從來沒見過負責挑選靈魂或是下達那些指示給我們的傢伙。」

「……你覺得真的有這號人存在嗎？」

「天曉得。」夏司宇起身，看樣子已經打算結束話題。

杜軒還躺在椅子上消化夏司宇說的那些事，越想頭越痛。

「說起來……」原本要離開的夏司宇，突然停下腳步，轉頭盯著杜軒看，「沒想到你這麼容易就相信我說的話，難道一點都不懷疑我嗎？」

「開什麼玩笑。」杜軒起身，指著自己的腿說：「你救了我好幾次，我怎麼會懷疑你？再說你也不像是那種會說謊的騙子，怎樣看都比另外那兩個傢伙好太多了。」

「喂！臭小子，我們可是聽得見啊！信不信我現在直接往你腦袋開一槍？」

不遠處傳來男人的抱怨聲，女子也接著說：「話別說得這麼難聽嘛！大家都是為了生存，只要犧牲別人就能讓自己早點離開這個鬼地方，有什麼不好的？」

杜軒用鄙視的眼神看向兩人，無奈苦笑。

相較之下，夏司宇真的是一朵出淤泥而不染的蓮花。

「明明都是死者，怎麼差這麼多。」

「這很正常，大部分的死者都想離開，對他們來說，殺幾個人都不成問題。」

「所以才會特地挑你們這種，能夠毫不猶豫殺死目標的人來當獵人？」

「不，不只有我們。」夏司宇垂眼道，「也是有像那女人一樣的死者混在其他活人群體中，用其他手段來達成目的。反正只要能成功消滅靈魂就好，無論用什麼樣的方式都不成問題。」

杜軒很快就理解了夏司宇的意思。

他剛才見到女子那張熟悉的面孔時，確實有嚇一跳，但是比起她為什麼會在這，他更在意夏司宇提到的關鍵字。

「意思是我以前參加過的那幾次遊戲，都很有可能有這種人混在裡面？」

「……誰知道呢。」

夏司宇明顯迴避這個問題，不予答覆。

打死他都不會跟杜軒本人坦白，其實打從杜軒第一次參加遊戲開始，他就一直很在意他。

杜軒絕對會把這件事當作把柄，瘋狂調侃他。

「聊天時間差不多該結束了，現在來討論正事。」夏司宇說著，並將視線轉移到另外一處座位區的男女身上，「我會帶他離開餐廳，你們，不許跟過來。」

夏司宇的態度認真，就算隔得有點遠，還是能感受到他的視線帶來的壓迫感。

「意思就是不許我們當跟屁蟲？」女子搖頭嘆氣，「真討厭啊，我才不是那種死纏爛打的女人，我說過只是想找你抱怨而已。」

「我的原則是不跟比自己厲害的人作對。」男子指著自己額頭上的槍傷，接著說：「你能從那麼遠的距離，在視線不佳的樹林直接射中我的腦袋，而且還沒有用其他輔助工具……我可不想跟你這種人為敵。」

夏司宇冷眼盯著那兩張臉，完全就是在警告他們。

他們不傻，知道夏司宇是個惹不起的男人，最好還是不要扯上關係比較好。

再說，夏司宇的行為對同樣身為「死者」的他們來說，已經是個怪胎。

「雖然我是不打算干涉你想做的事，但還是提醒一下，幫助活人對我們來說是沒有任何好處的。」

「用不著你提醒，我很清楚。」

「是嗎，那就這樣。」

男子躺回沙發上休息，不再開口說半句話。

女人很開心地站起來，看上去雖然笑容滿面，然而卻完全感受不到善意。

杜軒看著她，回想當時在校舍時看到的那張哭泣臉龐，怎麼樣也沒辦法把兩個人畫上等號。

「我想做的事情已經做完了，就先閃人啦！」女子朝夏司宇和杜軒拋個飛吻，開心地走向餐廳門口，如暴風過境，一下子就消失在夜色中。

杜軒彷彿聽見夏司宇煩躁地咂舌。

他也一樣覺得心累，光是這次莫名其妙跑到這裡就已經夠讓他頭痛了，沒想到又冒出這麼多預料之外的情報，腦袋都快燒掉了。

「既然你不打算繼續休息，我們就轉移到其他地方去。」

夏司宇雙手環胸，似乎已經在心裡盤算好接下來要做什麼。

跟著夏司宇真的很讓人安心，但杜軒卻覺得自己越來越廢了。

他應該沒有變成拖油瓶吧？

「你說要去其他地方，是去哪裡？」

「狩獵場的範圍裡沒有『絕對安全』的地方，不想被當成獵物的話，最好盡可能移動位置。」

「是沒錯……」

「道理我是懂啦，可是這樣做只是治標不治本，我總不能一直跟著你逃跑。」

「欸，我說，這裡真的沒辦法『破解』嗎？」

「你是沒聽懂我剛才說的話？」

「就是有聽懂才會這樣說。」杜軒指著夏司宇，理直氣壯地回答：「但剛才那些情報，是身為『死者』的你所知道的狀況，我想要知道的是跟我一樣的人掌握的情報。」

夏司宇瞪大雙眼看著杜軒。

確實，他並沒有從「生者」的角度去思考過狩獵場的事，連他對狩獵場的認知，也僅僅是從「聲音」給予的情報，以及自己的觀察來建立。

能在這種情況下，尤其是聽完他的解釋後，還能往這個方面去思考——杜軒真的很有膽識，而且也相當聰明。

但是……

「你來到這裡後不是有接觸到其他活人？看到那些傢伙倉皇逃竄的模樣後，你還覺得他們手裡可能會有你要的線索？」

「雖然你說得沒錯，不過總不可能所有人都這樣吧……等等，你怎麼知道我有見到其他人？」

杜軒抬起頭，一臉困惑地盯著夏司宇。

夏司宇沒回答，輕咳兩聲裝作沒聽到。

「我見到的人大多只顧著逃命，而且看起來都搞不清楚狀況。」

「……你來狩獵場多久了？」

「大概一個月左右。」

「一個月？」杜軒驚訝地說，「這怎麼可能？我們不是一個禮拜前才見過嗎？」

「這個空間的時間流逝速度和你那邊不同，沒有規律可言，勸你還是別考慮弄清楚，乖乖面對事實還比較輕鬆。」

「好吧。」杜軒果斷接受夏司宇的提議。

他也覺得認真去思考這些小事，完全沒有效益，現在還是得把目標放在眼前的重點，想辦法活著逃出去才對。

既然夏司宇不太喜歡他問那些問題，那他就不問。

反正他也不打算跟夏司宇交朋友，只不過這人既然想要保護自己，那他就接受他的好意而已，就是這麼簡單。

至於夏司宇為什麼要「特別」照顧他，老實說他沒什麼興趣追根究柢。

「邊走邊說。」

夏司宇面色凝重地往餐廳外面看了一眼，接著走回櫃臺後方的房間。

杜軒急急忙忙起身，跟在他後面。

回到房間後，夏司宇便開始收拾東西，並將隨身攜帶、用來防身的手槍放回大腿的槍套裡。

杜軒看著他忙進忙出，自己則是盤腿坐在地上，無聊地左右晃動身體。

「吶，你有遇過那種不光想著逃命的人嗎？或是說你知道其他人都聚集在哪？」

「我知道附近的發電廠裡有一伙人在，但我不建議你過去找他們。」

「很危險？」

「不，那些人不打算逃出去，比較像是直接定居在那。他們會接收逃跑、想活命的人做為自己人。」

「怎麼聽起來像是那種在末日被逼到絕境的人會做的事？」

「我不太懂你的意思，但那些人很危險，而且他們會攻擊『獵人』。」夏司宇想了想形容詞，舉例給他聽：「就像是狼群。」

狼群之中只有一個首領，其中又會分成幾個小團體、各司其職。

在外出打獵的時候，狼群會觀察並尋找機會，或是將目標對準落單、比較弱小的敵人，以打團體戰的方式將其獵殺。

杜軒從來沒想到，自己在國家地理頻道上看到的知識，會在這裡派上用場。

「用『狼群』來形容，會不會太誇張了點？」

夏司宇將包包背起來，轉身對杜軒說：「你要是這樣覺得，就自己親眼去看看怎麼樣？」

「好啊！」杜軒信誓旦旦地拍胸脯，「絕對是你說得太誇張！」

「要是我沒說謊的話？」

「我就實現你一個願望。」

「……這種聽起來像是唬人的交易，虧你說得出口。」

「好歹也說我像是神燈精靈之類的吧。」

「等你把身體染成藍色再說。」

「噗哈！沒想到你還挺幽默的。」

「……我這句話絕對不是在誇你……算了。」

夏司宇懶得解釋，反正杜軒看起來滿開心的，他就不潑冷水了。

他站在門口，回頭對他說：「其他獵人已經慢慢聚集過來，我們差不多該去找其他安全點，免得被糾纏。」

「呃！你怎麼不早講！」

杜軒急忙起身，小跑步跟著夏司宇離開。

來到夏司宇身邊的時候，杜軒像是想起什麼事，輕輕地「啊」了一聲。

「在過去觀察那群人之前，能先帶我去個地方嗎？」

「我可不是你的專屬導遊。」

「有什麼關係嘛，我們現在不也是要轉移到其他安全點？這樣的話，去哪都一樣。」

「你到底是怎麼理解我的意思……喂！」

夏司宇根本來不及阻止，杜軒就已經先他一步往樹林的方向跑過去。

「大概是在這個方向！走吧！」

「給我站住！不要用『大概』這兩個字隨便決定！」

夏司宇匆忙追上去，就怕杜軒一個人落單又遇到危險。

杜軒當然是故意這麼做的，因為他知道夏司宇不會丟下他不管。

與其用對話來說服他，不如直接行動還比較快，看樣子他是猜對了。

雖然他覺得自己這樣有點無賴，但這也是沒辦法的事，就繼續讓夏司宇當他的保母，跟在他的屁股後面吧。

杜軒要去的地方，是他進入遊戲時的那間鐵皮屋倉庫。

夏司宇說自己對這附近很熟悉是真的，因為他連地圖都沒看，就直接帶他回來，連一點遠路都沒有繞過。

這讓杜軒懷疑自己帶著那張地圖還有手機，根本就無用武之地。

倉庫看上去沒有什麼問題，但屋頂卻有個大洞，似乎是被什麼東西炸過。

他估算得沒錯，不久前聽見的爆炸聲果然是從鐵皮屋的方向傳來，不過究竟為什麼會突然爆炸？

當時有群人躲進鐵皮屋裡，該不會是那些傢伙幹的好事？

不管怎麼說，都有調查的必要。

「我看你這麼著急，還以為是要去什麼地方，沒想到是又回來這裡？」開口說話的，不是杜軒也不是夏司宇，而是莫名其妙跟上來的邋遢大叔。

夏司宇很不開心，本來就沒有表情的臉，現在看起來更加可怕，簡直就像是隨時都可能會動手把跟屁蟲暗中處理掉。

不過這個大叔絕對沒那麼容易甩掉，畢竟他都能無視散發怒氣的夏司宇，自顧自地跟在他們後面。

「大叔，你不是說要待在餐廳嗎？幹嘛跟過來？」

「我不是大叔！別那樣叫我。」男子摸摸滿是鬍渣的臉，「我是因為嫌麻煩所以沒怎麼整理儀容，所以看起來比較老而已。」

「哇……不服老的大叔……」

杜軒用感慨的口吻低語，直接無視男子說的話。

男子不耐煩地皺起眉毛，額頭上也多了幾條青筋。

「我叫戴仁佑，別老是大叔大叔的喊我！」

杜軒打量他之後說道：「還真是跟外表完全不搭的名字。」

「你是不是忘了你曾經是我的獵物，差點死在我手裡的事？」

「沒忘，但我很確定現在的你下不了手。」杜軒勾起嘴角，「倒不如說，你有膽就試試看啊？」

戴仁佑沒回答，因為他已經看到站在杜軒身後的夏司宇，用非常可怕的表情瞪著他，在這種情況下，他確實出不了手。

不過，他會跟著這兩人，並不是想要背後捅刀，而是有其他理由。

戴仁佑搔搔後腦勺，放棄和杜軒爭論，心煩意亂地咂舌。

「嘖……懶得跟你鬥嘴。」

杜軒很滿意，果然有夏司宇在真的很不錯，但他也不能太過依賴對方。

他轉頭面向倉庫的那扇後門，試著轉動手把。

沒有上鎖，不過因為有物品擋在門後面的關係，沒辦法順利推開。

夏司宇看到這個情況，便讓杜軒先退到一旁，之後抬起腿，狠狠踹開那扇門以及後面的物品。

聲音很響亮，杜軒當場傻眼。

「你在幹什麼！是想把怪物引過來嗎！」

「這你倒是不用擔心，警笛頭只對你們活人製造出的聲響有反應。」戴仁佑雙手環胸，站在杜軒身旁說明。

當然，夏司宇也知道這點，所以才會用這種方式來處理。

夏司宇跳進倉庫，把門後的東西清除掉之後，重新打開門。

杜軒只能苦笑。

「它還能分辨是誰發出的聲音？」

「倒也不是。」戴仁佑解釋道，「那些東西都會知道我們的位置，所以聲音如果是從我們這些獵人的所在位置傳來，它們就不會有反應。」

「還真好用啊，那些叫做『警笛頭』的怪物。」

「確實。」戴仁佑咧嘴笑著，看上去確實很高興，「多虧有那些傢伙在，省下不少找人的功夫，行動起來方便很多。」

「既然如此，你不如再繼續去獵殺其他人如何？別黏著我們。」

「雖然獵捕活人這件事確實很重要，不過收集再多也沒什麼意義……」戴仁佑垂下眼，頭一次露出有些沉鬱的表情。

杜軒愣了愣，有那麼一瞬間，戴仁佑的眼神中似乎帶有倦怠。

他選擇不再繼續追問原因。

「不進來嗎？」

夏司宇走過來，發現兩人之間的氣氛有些奇怪，不由得皺起臉。

杜軒拍拍他的肩膀，從他身旁走過去，進入倉庫。

雖然杜軒沒說什麼，但夏司宇卻仍對戴仁佑滿是敵意，當然戴仁佑心裡也很清楚。

「別用那麼可怕的表情看著我，我什麼也沒做。」

「如果你能立刻消失在我們面前的話，我就相信你說的話。」

「哈！還真保護那小子啊……你究竟為什麼要為他做到這種地步？難道你本來就認識那小子？」

「我沒有義務回答你的問題。」

「果然是個怪胎。」

交談結束後，兩人無言相望，似乎都沒有主動離開的意圖。

片刻後，他們同時轉身走進倉庫，和先行進入的杜軒會合。

結果沒想到，竟然會在倉庫裡發現驚人的場面。

——一隻「警笛頭」的頭部被炸毀，癱倒在地上，顯然已經死亡。

雖然「警笛頭」看上去很像是某種生物，但被破壞的身軀卻只是單純的鐵製品，沒有流血、也沒有血肉模糊的畫面，單單就只是被破壞了而已。

杜軒蹲在地上查看它的情況，而隨後到來的夏司宇與戴仁佑都被這景象震驚了。

「媽的，這是怎麼回事？」戴仁佑忍不住飆髒話，「我還以為這東西死不了！」

活人竟然有辦法反擊、對付怪物？這種事怎麼想都不可能！

即便是夏司宇之前提到的發電廠那群人，也做不到。

夏司宇喃喃自語：「爆炸的時候到底發生了什麼……」

他以為只是單純的爆炸而已，而且範圍不大，從煙升起的模樣來看，也沒有多少威力，所以一直覺得不是什麼需要注意的問題，看樣子是他太過天真。

相較於兩人的反應，杜軒顯得冷靜許多。

但也只是「表面」看起來是這樣。

他剛開始看到被炸死的警笛頭時也很意外，但原本他就知道怪物是能被殺死的，所以比起它為什麼能夠被殺，他更想知道是怎麼做到的。

於是，他簡單調查了周圍的情況，可惜除了爆裂物的殘骸之外，並沒有發現什麼可用的線索。

他不是專業人員，不可能從殘骸搞懂是什麼樣的攻擊性武器，但有件事能夠確定——那就是這絕對不會是從倉庫或是這個樹林裡能夠取得的物品。

是「死者」做的嗎？

不，不可能，這太扯了！

死者根本沒必要做這種事，更何況以他們的角度來說，警笛頭的存在是有助益的，殺死它並沒有任何好處。

杜軒想起那時逃進倉庫裡的幾人，於是開始在周圍尋找，最後在鐵架附近發現一具氣絕身亡的男人屍體。

屍體還算完整，腹部有撕裂傷，手臂也有槍傷。

周圍全是鮮血，看上去是失血過多而亡，並沒有遭到警笛頭的攻擊。

「槍是我開的，但肚子的傷口我就不知道了。」

戴仁佑突然開口，差點沒把正在思考的杜軒嚇個半死。

他差點忘記當時追殺他們的人，就是戴仁佑。

「那隻怪物大概是來回收屍體的。」夏司宇接著說下去，「不過能把它殺死，證明對方很清楚怪物的習性，甚至……」

「你是在懷疑凶手是不是故意利用屍體來引誘怪物過來，是吧？」

戴仁佑把夏司宇後面的話補上，因為他也有同樣的猜測。

雖然想法相同讓人不爽，不過，這樣看來對方的意圖十分明顯。

狩獵場上除了追殺活人的死者，與群起反抗死者的活人之外，似乎多了專門獵殺

「警笛頭」的第三方。

對方的目標不是他們，照理來說並沒有什麼危險，但讓杜軒在意的並不是對方的目的，而是他所擁有的「知識」和「情報」。

「既然警笛頭能被殺死，就表示也有人相信殺死『怪物』是逃離這個地方的關鍵。」杜軒起身，抬頭看向兩人，「我要找到那個人。」

「那發電廠呢?你不是想去『觀察』那伙人嗎?」夏司宇見他的眼神閃閃發光，知道沒辦法讓他打消主意，便放棄說服，改用提問的方式來確認他的想法。

「先以這邊為主，雖說我很想知道是誰、又是用什麼方式殺死怪物的，但我們的時間有限。」

「唉……你高興就好。」夏司宇無奈地嘆氣，轉頭向戴仁佑確認，「你呢?大叔。」

「連你也喊我大叔，是不是真的皮癢!」戴仁佑氣得咬牙，但是又拿他沒辦法，只能乖乖回答：「坦白說，我也有點好奇是誰幹的，我從來沒見過這個情況。」

「那好，就這樣決定了。」杜軒輕輕拍手，將三人的意見總結，並下達下一步指示：「先在附近找看看有什麼線索，當時進入倉庫的人不只一人，可能還有其他人在，如果能找到目擊者的話就更好了。」

戴仁佑忍不住吐槽：「真麻煩……」

「少抱怨，多做事，再說是你自己要跟的。」

「行行行，我照做就是了。」

戴仁佑雖然回答得很懶散，但看起來還是挺認真的。

夏司宇和杜軒也各自分頭去搜尋，不過在黑漆漆的倉庫裡行動，確實有些困難。

杜軒覺得鐵架這附近大概沒什麼線索，於是又回到之前待過的辦公室。

辦公室比他離開前還要凌亂，看上去應該是被人翻箱倒櫃過，猜測應該是推開他躲進來的那群人做的，大概是想找防身武器。

只可惜這個地方什麼也沒有。

由於當時情況發生得很突然，杜軒也沒能看清楚，不過戴仁佑比他先遇到那群人，應該會比較了解，有他幫忙的話或許能把剩下的人找出來。

前提是，他們沒有離開倉庫。

杜軒拿出手機，以螢幕亮光作為手電筒，四處尋找。

在辦公室門口有幾滴鮮血，一路通往鐵架方向，應該是被當成誘餌的男人留下的。

——才剛這麼想，杜軒就被顯眼的大攤血跡吸住目光。

這麼大灘的血，看上去不是滴落的，而是受到攻擊後留下的痕跡。

很有可能，那個男人就是在這裡被人割傷腹部，導致失血過多。

附近沒有沾血的凶器，或是可以用來攻擊的物品，而且從血跡旁沾滿的鞋印來看，似乎是一群人圍毆的樣子。

這是怎麼回事？難道跟之前在校舍裡的情況一樣，又是內鬨後傷害自己人？

「唔嗯……怎麼看都覺得跟那女人有關……」

杜軒才剛說完，臉頰旁邊就飛過一把小刀。

他嚇了一大跳，連閃躲都來不及，就這樣全身僵硬，呆呆地看著插在牆壁上的刀子，說不出話來。

「放心吧！不是那女人幹的。」扔出小刀的戴仁佑，彷彿猜到杜軒心裡在想什麼，悠哉地從杜軒身後走出來，「我在另外一邊找到其他人的屍體，還發現了這把刀。」

戴仁佑剛說完，太陽穴就被冰冷的槍口抵住，接著夏司宇帶著凶惡的目光，默不作聲地慢慢出現在他身後。

杜軒都還來不及開口阻止，夏司宇就扣下板機，直接打爆戴仁佑的腦袋。

戴仁佑倒地，直接被夏司宇踩過去。

看到這裡，杜軒已經說不出半句話。

他到底跟什麼樣的傢伙組成隊伍了啊……

第七夜

死者與活人（下）

夏司宇把牆壁上的小刀拔下來，檢查後扔在地上，對它完全沒有興趣。

「我在前門附近也找到幾個人的屍體，全都死很久了，而且都是被利刃割傷後死亡，凶器很有可能就是這把刀。」

「呃、不……那個……」杜軒指著倒地不起地戴仁佑說：「那傢伙沒事嗎？」

「痛——死了！」

話才剛說完，戴仁佑就突然跳起來，火冒三丈地對著夏司宇大叫：「你這傢伙居然兩次開槍打我！不是說了這樣很痛嗎！」

「要不是因為你老是做些多餘的事，我才懶得理你。」

「今天不把你打成蜂窩，老子就不姓戴！」

「我可不認為你有這個本事。」

夏司宇眼神鄙夷，根本不把戴仁佑的威脅放在眼裡。

這樣下去，杜軒根本什麼話都沒辦法問清楚，連忙站在兩人之間，強行阻止。

「好、好了！你們別鬧！現在真的不是起內鬨的時候。」

雖然戴仁佑確實讓人火大，突然攻擊他的行為看上去像在開玩笑，杜軒卻覺得他有一半是認真的。

現在杜軒確實有點後悔讓戴仁佑跟著他們，可惜已經來不及反悔。

「你別插手，小心我失手殺了你。」

「你都救了我這麼多次，殺我這種話我可不會信。」

杜軒這句話很有道理，反而讓夏司宇說不出話來。

喀嚓。

三人同時愣住，瞬間安靜。

只有他們在的倉庫裡，傳來金屬摩擦的聲音。

杜軒突然有種不祥的預感，黑漆漆的貨架之間，似乎有某種東西在蠢動。

「那是什……」

還來不及說完，他就聽見那熟悉、令人頭皮發麻的恐怖聲音。

嗡——

近在耳邊的低沉警報聲，瞬間淹沒整間倉庫。

這聲音悶悶地迴盪在腦海中，像是要把腦袋震破，讓杜軒不由自主地壓住雙耳。

黑暗中，原本應該已經無法動彈的警笛頭正往他們衝過來，速度快到讓人來不及反應。

杜軒還沒回過神，警笛頭已經逼近，金屬手臂朝他的頸部掃過來。

夏司宇和戴仁佑幾乎同時向前衝刺，撲向杜軒，一人撈起杜軒，一人則是拿出衝鋒槍，站穩馬步，用槍身擋下攻擊。

「走！」戴仁佑頭也不回地大喊。

夏司宇毫不猶豫回答：「知道了！」

兩人雖然總是吵架，卻在這時展現出默契。比起理性思考，身體已經先展開行動。

然而他們卻不明白，理應死去的警笛頭，為何會突然甦醒並展開攻擊？

事情不太對勁。

身後傳來開槍的聲音，但夏司宇和杜軒都沒回頭去看，也沒時間擔心戴仁佑的安危，直接從倉庫後門逃出去。

低沉的警報聲仍在不斷作響，就像是在呼喚什麼，而離開倉庫後的兩人，很快就明白那隻警笛頭的目的。

比樹木還要高的警笛頭，從樹林的四面八方緩慢走過來，像是腳步被泥濘的土地吸住一樣，速度和在倉庫裡遇見的那隻完全不同。

能看得見的數量大概有三隻，但可能實際上不只這些。

夏司宇把杜軒放下來，從槍套中抽出手槍，塞進他的手裡。

杜軒嚇了一跳，差點沒因為真槍的重量而失手讓槍掉在地上。

「你幹嘛給我這個？」

「難不成你覺得自己能跑得贏這些怪物？」

「我從來沒拿過真槍……」

「現在沒時間讓你磨磨蹭蹭了，總之你拿好。」

「你給我槍還不如給我刀或手榴彈之類的東西。」

杜軒才抱怨幾句，聲音就再次被警報壓過。

夏司宇不再跟他閒聊，抬起頭左右觀察周圍情況。

「這裡不安全，先離開。」

「要逃去哪？」

「我之前不是說過要帶你去下個安全點？先去那避一避。」

「戴仁佑呢？要丟下他？」

「放心，那傢伙死不了的。」夏司宇拉住杜軒的手，催促道：「如果你不想死在這的話，最好快點跟我走。」

「知、知道了。」

眼前的情況不容遲疑，杜軒咬緊下唇，跟在夏司宇身後。

他們先進入樹林，但是沒有往深處走，而是在外圍的地方迂迴前進。

樹林裡還是能清楚聽見那可怕的警報聲，聽起來就像在身後，而且一直很近。

由於沒辦法分辨東南西北，杜軒也不知道自己正在往哪個方向走，但夏司宇看起來似乎很清楚，轉向時完全沒有遲疑。

往前走幾分鐘的路程後，夏司宇突然停下腳步，舉起手槍對準前方。

杜軒嚇一跳，他什麼都沒看見，夏司宇這麼做反而讓他很不安。

沒多久，有個搖搖晃晃、走起路來相當不穩的身影出現在他們眼前。

杜軒大概能看得出那是個人，只是對方的模樣有點奇怪，所以他不敢貿然接近。

夏司宇的槍口對準對方，慢慢蹙起眉頭。

他小聲提醒杜軒：「是活人，但模樣有些奇怪。」

「是不是受傷了？」

「不過以那種傷勢，應該無法走路才對。」

「你看得還真清楚，明明這麼暗。」

「我習慣了。」

搖晃的人影往前走了兩步後，突然倒下，正在交頭接耳的兩人立刻拉回注意力。

對方一動也不動，但肩膀有微微起伏，似乎還有呼吸。

夏司宇見沒有危險，便打算轉身離開，卻被杜軒拉住外套。

「喂，你打算走人了？」

「難不成你想幫他？」

杜軒沒回答，而是直接走向倒地的人。

夏司宇張開嘴，原本想抱怨，可是他能感覺到那些警笛頭止在逼近，便改成提醒：

「怪物可不會好心等你把人救起來。」

「我知道，我沒打算救人。」

杜軒的話令夏司宇一震。

沒打算救人？那他想做什麼？

他遠遠看著杜軒把人翻過來後，拿出手機照亮對方的臉部。

滿身是血的男子，視線已經模糊不清，但仍被突然出現在眼前的亮光吸引。

「……景、景皓？」

他幾乎發不出聲音，可是距離他很近的杜軒，卻聽得很清楚。

這名字，不就是一開始逃進倉庫裡的那群年輕人之一嗎？

看這樣子，那些人離開後，並不是很順利。

「抱歉，我不是你的朋友。」

「幫……幫幫……」男子明明已經沒有力氣，幾乎快說不出話，卻死死抓住杜軒的手腕，用盡力氣向他求助。

可惜，他並沒有把話說完，抓住他的手也癱軟下去，落在地上一動也不動。

力不從心的感覺填滿杜軒的胸口，可是他卻沒有時間為對方哀悼。

原本抓住他的那隻手，突然開始抽蓄，以詭異的方式扭曲。

尖銳的金屬物體從皮膚底下刺出，並且飛快成長，看見情況不對勁的夏司宇立刻從背後拽住杜軒的胸包背帶，把他整個人往後拉開。

眨眼間，尖銳的金屬已經將屍體全部貫穿，就像是利用屍體作為養分成長，兩三下就長得與樹同高。

全身冰冷、帶點鐵鏽的金屬外，佈滿著人體組織，甚至能夠看見血淋淋的器官掛在上面，完全已經無法用「驚悚」兩個字來形容。

杜軒看到這畫面，差點沒昏倒。

相較之下，之前遇到的「怪物」大概都只有輔導級的程度，但眼前這隻金屬怪物，完全就是限制級的存在。

金屬怪物的頭部原本是長條金屬，但是卻長出兩個像喇叭的裝置。

接著，開始以非常響亮的聲音發出警報。

「嗚哇！警、警笛頭？」

「嘖！該死。」

夏司宇不管還在發呆的杜軒，直接把人扛在肩膀上，快速跑入樹林。

很快，樹木被削砍的聲音從後面緊追而來，他知道那些警笛頭追過來了。

他收起手槍，看準其中一棵樹，單手抓住枝幹後直接撐起身體，跳到上面去。

兩人躲在最穩固的樹枝上，盡量將身體貼近樹幹，保持安靜。

夏司宇讓杜軒靠著樹幹，自己則是雙手越過他的腦袋兩側，肘部到掌心緊貼樹幹，用身體遮住杜軒。

杜軒什麼都看不到，耳邊卻能清楚聽見有東西以飛快的速度從旁邊呼嘯而過。

伴隨警笛的聲音很快就遠離他們，杜軒知道，這表示他們已經順利躲過警笛頭的追殺，但是，卻不代表真的就安全了。

他們躲藏的樹幹，突然遭到撞擊。

杜軒的腳滑了一下，差點摔下去，幸好夏司宇的手臂夠有力，即時圈住他的腰。

姿勢有點尷尬，可是現在根本不是顧及顏面的時候。

樹幹第二次被撞擊，接著是第三次、第四次……

杜軒已經感覺到這顆樹開始傾斜，這樣下去的話百分之百會倒。

——事實證明，他不該烏鴉嘴，才剛想到而已，樹就還真的倒了。

夏司宇順著倒下的方向，護著杜軒跳到對面的樹枝上，沿著樹幹回到地面，兩人都安然無恙，可是杜軒依然驚魂未定。

剛才那樣真的很像在拍電影！他從來就沒有這麼俐落地在樹上移動過。

「為什麼會被發現？」

夏司宇一臉不解地看向毀掉樹幹的警笛頭，它像頭四隻腳的野獸，趴在倒地的樹幹上面，發出「喀喀喀」的聲響，聽起來就像沒有上過油的齒輪。

而那，是從它的頭部發出的聲音。

它像是鎖定了杜軒，速度飛快地朝他撲過來。

夏司宇立刻掏出手槍，連開好幾發，但金屬身軀卻絲毫沒有受到傷害，速度也沒有減慢。

「嘖。」

夏司宇不快地咂舌，果然武器對渾身金屬的警笛頭沒什麼效果。

他再次撈起杜軒，轉身就逃。

為了減緩警笛頭的行動速度，夏司宇特地選擇比較難前進的路線，雖然確實達到拖延的效果，但雙方之間的距離也並沒有拉長。

杜軒倒是很驚訝，沒想到夏司宇帶著他這個拖油瓶，竟然還能這麼輕巧俐落。

「抱歉，是我的錯。」

「知道就好。」

夏司宇甚至還有餘裕回話，真的是有夠厲害。

杜軒不僅對夏司宇感到佩服，同時也為自己的疏失內疚不已。

他沒想到狩獵場的怪物形成的方式和之前在校舍看到的黑色人影一樣，都是從人的屍體轉變而來。

只不過，校舍中的黑色人影是將人殺死、化為粉末後再由蒼蠅吞食，以此製造新的同類，而這邊的警笛頭則是直接利用人體製造——怪不得它們會來回收屍體。

兩種都很可怕，而且兩種都很不妙。

想到這些怪物原本都和他們一樣是活人，杜軒的心情就十分複雜。

在這之後沒多久，兩人衝出樹林，來道一片開闊的區域。

和夏司宇帶他去的廢棄遊樂園不同，這裡只有看上去很久沒人住的矮屋。重點是，月光能夠輕易照亮周圍，視線也比樹林裡清楚很多，氣氛比較沒那麼駭人。

終於能夠脫離黑漆漆的地方，讓杜軒相當開心，只不過現在不是歡呼的時候。

那隻怪物還在他們後面窮追不捨，似乎不管他們去哪，它都會知道。

在視線清晰後，杜軒才發現自己的手臂上全是鮮血。

不是他的，是剛才那名死掉的男子沾上去的。

「我說，那東西該不會是因為血的味道才窮追不捨？」

杜軒突然有這個想法，而夏司宇也立刻被點醒。

他立刻說道：「衣服脫掉。」

「什、什麼？你想害我冷死啊！」

「只是外套而已，又不是要你全脫。」夏司宇冷冷地說，「還是說，你想讓那東西把你碎屍萬段？」

杜軒臉色鐵青，乖乖聽話。

「知道了啦……」

夏司宇隨即停下腳步，把杜軒放下來。

他把槍收起來，從旁邊的房舍裡撿來一根手臂粗的廢棄木頭。

雖然看起來被蟲啃掉不少，但還算堅硬、能夠做為武器使用，而杜軒則是趕快把沾血的外套脫下來，在夏司宇回來後，便把外套交給他。

「在這裡等著。」

夏司宇說完這句話後，警笛頭也出現了在眼前，離他們只剩不到百公尺距離。

他把外套綁在木棍上，接著往反方向跑開，果然這隻警笛頭立刻追過去，看也不看毫無防備的杜軒一眼。

眼看警笛頭跑遠，杜軒這才終於鬆了口氣，雙腿無力癱坐在地，兩眼呆滯。

「還以為這次真的要沒命了。」

他真不該隨隨便便靠近其他人，應該要像夏司宇那樣才對。可是他當時會過去，也只是考慮著對方身上會不會有情報而已。

即便是在被追趕的情況下，他還是判斷當時有時間能檢查那個人的情況，看樣子，是他對自己太有信心了。要不是有夏司宇在，他這次真的會沒命。

「話說回來，還真奇怪？明明戴仁佑說過警笛頭不會攻擊，只會發出警報……但為什麼會突然攻擊我們，而且看上去殺瘋了，跟本沒管是活人還是死者。」

杜軒盤腿坐在地上思考，立刻就陷入思緒漩渦的他，連有人靠近都沒發現。

直到他發現自己被影子罩住，才猛然回神。

「怎麼只有你一個？」

杜軒先是嚇了一跳，抬頭發現來者是戴仁佑之後，頓時鬆口氣。

「夏司宇去幫我引開怪物了，你沒事吧？」

戴仁佑冷哼，「我看起來像是有事的樣子嗎？」

「……當我沒說。」

戴仁佑看上去確實沒什麼大礙，不過他本來就是死者，問他有沒有事感覺好像也不太對。

才剛這樣想，突然就有根木頭從遠處飛過來，不偏不倚地砸中戴仁佑的腦袋瓜。

戴仁佑二次被爆頭，倒地不起。

幾秒鐘後他頂著滿頭鮮血從地上跳起來，朝慢慢走向他們的人怒吼：「你這傢伙是不是真的很想跟我幹架！」

「我只是回敬你剛才的偷襲而已。」

夏司宇面無表情地走回來，看向穿著單薄襯衫的杜軒，把自己的外套脫下來遞給他。

「謝……謝謝。」

杜軒接下後，看著他走過去跟戴仁佑對峙。

兩人又開始進行幼稚的互相嘴砲，而杜軒也只能苦笑地站在一旁，插不上話。

看上去，他們算是勉為其難地度過了這次危機。

夏司宇的作戰計畫很簡單，將染血的外套捆在木棍上後扔得遠遠的，讓那隻怪物自己去追，沒想到還真的成功了。

看樣子那隻警笛頭真的如杜軒猜想，是因為鮮血才對他們窮追不捨，甚至利用血的味道來鎖定他們的位置。

不知道是不是錯覺，相較於其他警笛頭，由人類轉變而成的更加愚鈍。

至於戴仁佑，他在倉庫裡甩掉復活的警笛頭之後，就看到它鑽進樹林裡，眨眼間就不見蹤影，也不知道它到底在幹什麼。

而在跟過來的路上，他也見到其他了警笛頭，不過它們全都無視他的存在，就像以前一樣，不把死者視為敵人。

多虧警笛頭的迷之行為，戴仁佑才能輕鬆脫身，只不過腦袋裡倒是塞滿問號。

戴仁佑並不知道夏司宇和杜軒往哪個方向離開，但要找到他們並不困難。他想到夏司宇之前提過要轉移到其他安全點，思考附近的地形和區域後，就想到了這裡。

結果，就跟他想的一樣，還真的在這裡找到了他們。

三人重新會合後，找了間矮房休息，順便整理情報、解析剛才發生的事。

原本只打算兩人行的夏司宇跟杜軒，很自然地接納戴仁佑成為同伴，與其說是對他產生信任，倒不如說是因為情況變得有些奇怪，不適合內鬨。

至少與其他陌生人相比，戴仁佑還算可以，若換作是之前那個女子，杜軒和夏司宇可能就不會輕易接受了。

那種連想法都搞不懂的人，最難應付，萬一在危急的時候被她從背後捅刀、殺個措手不及，那才是最麻煩的。

「總之，先來交換一下想法。」杜軒盤腿坐在木桌上，雙手環胸，「首先，是殺死警笛頭的人，以及他利用屍體把它引過來的事。接著是我跟夏司宇遇到的，由屍體轉變成警笛頭的怪物。」

「聽你這樣說的意思，似乎不認為剛才那東西跟其他怪物是一樣的。」夏司宇聽出他話中有話，便問道：「你有什麼想法？」

從沾血外套這件事過後，夏司宇似乎就很信任杜軒的判斷，但並非如此。

雖然表面看起來是這樣，實際上，夏司宇早從之前在校舍跟他一起逃出來的時候，就已經知道杜軒面對情況的決斷有多麼準確。

當然，他絕對不會親口承認。

「雖然外表看上去就像縮小版，但行動方式有差異，可能由屍體轉變的怪物和那些協助你們的警笛頭，在『製造方法』上有所不同。但這也只是我的猜想而已，關於那個怪物，情報還是太少了。」

「那麼突然復活攻擊我們的那隻警笛頭又怎麼說？」戴仁佑提出質疑。他來到狩獵場這麼久，還是第一次被警笛頭攻擊，從他的角度來說，會比較在意這件事。

若警笛頭不是百分之百不會攻擊死者的話，就表示他之後也必須留意這些怪物了。

「它有什麼奇怪的地方嗎？」

「沒有，看上去很正常，雖說它剛開始有攻擊我，但後來就跑掉了。」

戴仁佑把自己接觸那隻警笛頭的情況告訴杜軒後，杜軒摸著下巴猜測：「既然它並沒有執著地鎖定攻擊你，反而是選擇離開，聽起來比較像是因為剛復活而產生混亂，所以會先攻擊離自己最近的目標。」

「你的意思是，它是因為搞不清楚狀況才攻擊我們？」

「那隻警笛頭的頭部受損，你還記得看到它復活的時候，它的頭部狀況如何嗎？」

「這麼一說……」戴仁佑皺起眉毛回想，「似乎已經恢復了，沒有看到損傷。」

杜軒一開始有接近倒下的警笛頭觀察，所以知道它的頭部嚴重損毀。如果戴仁佑沒有看走眼的話，就表示警笛頭跟死者一樣不會死亡，只是需要時間自我修復。

那麼，在用來判斷目標的頭部完全恢復前，警笛頭會對周圍的物體進行無差別攻擊，並非不可能。

從警笛頭沒有對戴仁佑窮追不捨這點來看，可能性非常高。

「怪物不會追殺死者這點，應該還是沒有變，但從這件事來看，你們還是要小心點。」

戴仁佑煩躁地搔頭，「以前從來沒遇過這種事，所以完全不知道會這樣。」

「我也很懷疑攻擊那種危險怪物的人，究竟在想什麼。」

夏司宇見這個話題告一個段落，便用冷冽的目光，注視著杜軒。

杜軒感覺到他的視線，下意識抖了一下身體，不由得冒出冷汗。

「呃、怎麼了嗎？」

「下次無論發生什麼事，在我開口前都不准擅自行動。」

杜軒知道夏司宇還是很在意他去碰觸屍體、害他們遭遇危險的事，自知理虧的他，乖乖點頭答應。

「好啦……我不會再做這種事了。」

雖然他們確實有新的情報，但也差點因此丟了小命。

他似乎是因為夏司宇在身邊的關係，過於疏忽，想著反正出事時夏司會救他，才會大膽地去做危險的事。

從結果來看，他完全就是替夏司宇沒事找事做。

他似乎聽見夏司宇冷哼的聲音。

「總、總而言之，這裡暫時安全對吧？」他故意用討好的口吻，好聲好氣地問夏司宇。

夏司宇嘆氣後回答：「我原本以為是這樣沒錯。」

「什麼意思?」

「我剛才不是去周圍巡視情況?其中幾間屋子裡有血跡，看起來是不久前留下的。」

「除了我們之外還有其他人來過這裡?」

「我在猜，應該是你見到的那個年輕人的同伴。」

「……啊。」

因為太過混亂，杜軒差點忘記這件事。

那個人死前似乎希望他去幫什麼人，嘴裡喊著某個名字。

他記得好像是叫做——

「景……好?還是景什麼的?」

先不管叫什麼名字，反正就是他最開始在倉庫遇見的那群年輕人。

「你確定是他們?」

杜軒半信半疑地問，夏司宇怎麼可能因為血跡就能夠確定對方是誰?

「在樹林裡遇到那傢伙的位置，離這裡很近，所以我本來就在懷疑，只不過剛才沒別的地方可選，所以才來這邊。」

「意思是，這裡現在也不是很安全。」

「對，所以休息十分鐘後就離開。」夏司宇接著說：「血跡是往旁邊的山路過去的，我們要往反方向走。」

「等等。」杜軒一臉茫然，忍不住插嘴，「不是要去幫他們？」

「連自己的命都顧不上，你還要幫別人？傻子嗎你。」

夏司宇說得非常不客氣，聽上去也完全沒有問題，就連戴仁佑也同意他的決定。

「這我就要替他說話了。」戴仁佑說道，「本來來到狩獵場的就是註定會死的人，不管你現在幫不幫那些人，他們都會死。」

杜軒知道這兩人說得沒錯，也很清楚狩獵場的人——包括他在內，都逃離不了死亡的命運。但直覺告訴他，事情沒有「絕對」，既然這裡和之前他去過的地方是一樣的空間，就表示肯定有破解方法。

要不然，幹嘛還要特地把他們扔進來？

即便杜軒十分清楚沒人能離開狩獵場，幫助那些年輕人也不見得能讓他們活下去，可是他的手腕還殘留著被垂死之人抓住的觸感，腦海不斷重複播放著那顫抖著懇求他的氣音。

老實說，他真的不知道怎麼做才是最正確的選擇。

他知道自己應該照兩人說的去做，只管自己存活就好，免得連命都賠上，可是心裡卻有個疙瘩。

「你不是說要去找殺死怪物的人？」夏司宇看見杜軒一臉困擾，似乎很糾結，便改用其他理由來說服他，「待在狩獵場的時間越久對活人就越不利，你如果真的想離開這裡，就不該浪費不必要的時間。」

「而且我覺得那群人應該活不久啦。」戴仁佑摸著下巴，「我見過太多這種團體行動的活人了，就拿之前我追殺的那群人來說，像他們這樣搞不清楚狀況的傢伙，只有等死的命。」

「我也不是想當救人的英雄啦……」杜軒很委屈，但說到底也是自己的鍋。

如果他沒去接觸那個垂死的年輕人，就不會產生這種內疚感了。

夏司宇說得沒錯，他行動前沒有經過大腦，只想著要取得更多線索，反而忽略危險性，真的是太過魯莽了。

就在杜軒左右為難的時候，夏司宇和戴仁佑突然發現了什麼，兩人同時提高警覺，並默契地壓低身軀，利用雜物遮蔽身形。

杜軒看到兩人這樣做，匆忙從木桌上下來，慢吞吞地縮在夏司宇旁邊。

「你們幹嘛突然這樣！嚇死人了！」

杜軒壓低音量抱怨，但夏司宇和戴仁佑都沒理他，夏司宇甚至還用手摀住他的嘴，不讓他說話。

動彈不得加上一堆疑問的杜軒，只能束手就擒。

反正乖乖照著這兩人的行動去做，總不會出什麼問題。

幾分鐘後，屋外傳來有人說話的聲音，有點吵鬧，聽上去似乎是有人在掙扎。

「放開我們！」

「讓我們走吧！我……我們不會惹麻煩的……」

「喂！你到底要帶我們去哪裡？」

「嗚嗚……」

哭聲、叫囂聲，以及困惑的提問。

聲音聽上去是年輕人，有男有女，但人數不確定。

戴仁佑小聲說：「是發電廠那群麻煩的傢伙。」

夏司宇皺眉，「他們不是絕對不離開據點的嗎？怎麼會跑到這裡來？」

「不知道，先暫時避開，觀察情況。」

「同意。」

兩人雖然是獵殺活人的死者，但在這個狩獵場，身為「獵人」的那方不見得有利，

他們還是得靠自己做出判斷，選擇是否行動。

畢竟他們跟「怪物」不同，是擁有自我意識、能夠思考的「個體」。

那群人正從杜軒躲藏的房舍前面經過，不過因為有些距離的關係，只要壓低聲音就不會被發現，正合他們的意。

杜軒發現這兩人根本不打算和他討論，直接做出了決定。

被無視的感覺真糟糕。

他把夏司宇壓在嘴上的手挪開，沒好氣地用氣音抱怨：「我說，你們好歹也問問我的意見吧？」

「不要。」

夏司宇和戴仁佑難得展現默契，異口同聲否決杜軒的提議。

杜軒覺得被這兩人聯手欺負了，心裡很不是滋味。

他還以為他們互看不順眼，原來感情很好嗎？

「兩個死者孤立一個活人……」

杜軒小聲碎念，卻又再次被夏司宇遮住嘴巴。

這次他稍微使力壓住，擺明不讓杜軒再有開口說話的機會。

外面那群人走得很快，似乎是在趕路，原本還以為只是經過這個地方而已，沒想到他們似乎進入了隔壁的房舍，可以清楚聽到關門聲。

該說運氣好嗎？他們選擇的不是三人藏匿的這間，否則就麻煩了。

夏司宇用手勢示意戴仁佑，戴仁佑點頭後，蹲著身體從前門離開，而夏司宇則是拉著杜軒從後門走。

戴仁佑手腳靈活地爬上屋頂，很快就和從後門離開的兩人對上眼。

夏司宇朝他點頭，戴仁佑則是伸手往背後指了個方向。

杜軒真心看不懂這兩人的默劇，但總之，應該是戴仁佑幫忙觀察周圍的動靜，讓他們從安全的路線撤退——大概是這樣吧。

「等等，真的要走？」

「跟那麼多人正面對上，絕對不是什麼好事，更何況對方手裡有武器。」

「你們不是狩獵場的獵人嗎？為什麼還要刻意避開？」

「就算是獵人，也不代表是無敵的，跟怪物能被殺死是同個道理。」

「反正我們本來也是要去觀察他們，現在不是連去找他們的時間也省下來了？」

夏司宇臉色一暗，「我知道在想什麼，但現在不是時候。」

正當杜軒好奇地挑起眉毛，不明白他為什麼會這麼說的時候，旁邊的房舍傳來一聲槍響，以及淒厲的慘叫聲。

「啊啊啊！」

「不、不要！」

夏司宇和杜軒停下腳步，接著看到戴仁佑從屋頂跳下來，跑向他們。

「喂，等等。」他沉著臉對兩人說，「情況似乎不太對勁。」

「怎麼回事？」

「那些傢伙開槍了。」

「我有聽見，我想知道是什麼原因。」

「不是確定，但……」戴仁佑的表情十分難看，停頓幾秒後，才緩緩開口說出自己看到的畫面，「他們朝那些年輕人開槍，而且只打在四肢，之後拖出屋子分別扔在附近。」

夏司宇也愣住。

「不僅如此，他們還會故意把人放跑，就像是故意要讓他們自己跑遠點再射殺一樣，其他那些被打中四肢、無法動彈的人，還會再用刀劃傷，讓他們奄奄一息地倒在地上流血。」

聽見這些話，夏司宇和杜軒忍不住互看一眼。

這情況怎麼聽起來有點耳熟？

他們不久前在倉庫見到的屍體，身上都有割傷跟槍傷，那時他們一直以為是戴仁佑開的槍留下的傷口，看樣子並非如此。

不是戴仁佑的子彈射中那些人，而是這群人幹的好事。

「我跟你們想得一樣。」戴仁佑彷彿看出兩人心中的想法，扶額道，「這種方式很像倉庫裡那些屍體的死狀，那些屍體身上確實有槍傷跟刀傷，不過我之前開了滿多槍的，也不清楚有打中幾發，所以才沒特別說出來。」

夏司宇不悅地咂舌，用冰冷的語氣接著說下去：「獵殺同類，利用這些屍體作為陷阱、引誘警笛頭出現的人，八成就是這些人。」

出乎意料之外的發現，令人措手不及。

面對這突如其來的「事實」，三人陷入沉默。

第八夜

逃脫（上）

「原來活人之間也會互相獵殺？你確定沒有死者混在裡面？」

杜軒聽完戴仁佑說的話之後，心裡只有這個問題。

戴仁佑搖搖頭，「我沒有看到全部的人，所以無法做出判斷，但有一點是肯定的。他們手裡的武器數量比原本我知道的還多，不知道是從哪裡取得的。」

「例如……從死者手上奪走？」

杜軒半信半疑地說，但夏司宇和戴仁佑卻互看一眼，同時擺出「你在說什麼蠢話」的表情看著他。

這讓杜軒立刻明白自己剛才說的話有多麼愚蠢。

「你們就不能體諒我一下？別把我當笨蛋。」

「誰叫你說的話太可笑。」戴仁佑冷哼，不客氣地回嗆杜軒。

夏司宇態度稍微好點，還願意解釋給他聽：「死者之中也是有分階級的，像槍械這類火力強大的武器，通常都是我們這種死者才能持有，不是所有死者都能拿到。」

戴仁佑也接著說：「還記得之前跑來餐廳的那個女人嗎？她就沒有這些武器。」

這個例子非常簡單易懂，杜軒立刻就理解了。

「那他們手裡的槍是從哪來的？」

「狩獵場有些地方會藏著槍械或其他高殺傷力的武器，雖然我也不知道為什麼會有那些東西，但那是死者無法使用的物品，所以很顯然就是讓你們活人來用的。」

「這麼說起來，我也見過幾次。」夏司宇邊回想邊說，「當時我還以為是壞掉才被其他人丟棄。」

「哈！你連槍有沒有壞都看不出來？」

「就是看起來沒壞才會拿起來使用，你白痴嗎？」

「混帳！你罵誰白痴！」

兩人安分不到幾秒鐘，又開始吵起來。

杜軒總感覺自己好像帶著兩個大型小鬼頭一樣，片刻不得安寧。

「所以，大叔你對這些武器很熟悉囉？」

「叫我名字是有多困難！」

戴仁佑轉而朝杜軒怒罵，夏司宇立刻把人護在身後，建立銅牆鐵壁。

「長得像大叔、聲音也像大叔、語氣又很大叔，不叫你大叔叫什麼？」

「媽的，你這混蛋皮真的在癢！」

「拜託你們安靜點，要是被發現的話，我們幹嘛還花這麼大力氣偷偷溜走。」

杜軒頭好痛。

兩人在聽見杜軒的提醒後，同時僵住身體，這才慢慢收起糟糕的態度。

戴仁佑咂舌道：「雖然說不上熟悉……我曾經遇過幾次拿著這種武器的活人，這些槍一樣是打不死我們的，但卻能夠傷害你們活人。」

他待在狩獵場的時間很長，自然遇過這種情況，但是次數很少，而且每次遇到的人頂多都只有攜帶一把，從沒一口氣見過這麼多武器同時被持有。

再說，想要大量取得這種武器幾乎是不可能的事，畢竟連遇上都需要充足的運氣，也沒那麼好獲取，所以他才會對那些人擁有這麼多把槍的事感到懷疑。

唯一能想到的可能性，就是對方刻意去搜刮這些武器，至於目的，很明顯就是想拿來追殺自己人，作為吸引警笛頭的誘餌。

發電廠那群人很謹慎，絕對不會做沒把握的事，所以他們會有這樣的行為不是很正常，肯定有什麼理由。

杜軒感慨道：「不管這個地方還有這些制度是誰搞出來的，那傢伙絕對不是個正常人。」

「這整件事本來就已經和『正常』兩個字完全脫離，倒不如說，如果出現『正常』的事，反而會讓人起疑。」

夏司宇的吐嘈很精準，不得不承認，確實是這樣。

在這裡，絕對不能用正常的思考邏輯，只要專心想著如何讓自己活下去就好。

「話說回來，我還以為他們不打算逃出去，只想安分地定居在這？」杜軒回想著夏司宇給他的情報，怎麼想都覺得有些奇怪。

他原本想著，那群人會選擇在發電廠定居，應該只有兩種可能。一是知道離開的辦法，但是卻做不到，於是待在這裡等待機會到來；二是不知道離開的辦法，但也不想白白死在這裡，乾脆賴著不走。

機率五五開，所以杜軒也只是賭賭看。

杜軒從頭開始思考整件事的經過，能想到的只有一種可能。

手持武器的發電廠團伙先是來到倉庫，遇到之前被戴仁佑追殺的小團體，在那之後又和之前逃離倉庫的這群年輕人相遇，也許是不打算加入他們，又或者被威脅，結果反而被當成誘餌追捕。

樹林裡想要向他求救的年輕人，很有可能是在受重傷後和朋友們走散，才沒有和他們一起行動，否則從這伙人的目的來說，不可能捨棄能用來做為誘餌的屍體。

看樣子他們在離開倉庫後的遭遇，也沒好到哪去。

剛開始還以為發電廠這群人沒有殺死警笛頭的能耐，從結果來看，是他太低估這群人的能耐。但在這之前，沒人知道他們會擁有這麼多武器。

不知道的事情太多，加上對於能夠殺死警笛頭這件事，讓戴仁佑很感興趣，於是他跟夏司宇很快就接受杜軒的提議，選擇留下來觀察情況。

三人特地繞路，在比較能清楚看到那間房舍，又不容易被發現的屋頂上趴著。

距離雖然有點遠，但多虧月光夠亮，杜軒能夠看清楚那些被當成誘餌的活人。

這時他才發現，這些人之中並非全都是他在倉庫遇見的那群年輕人，有些甚至是四、五十歲的大叔，或是看起來跟他差不多年紀的生面孔。

如果是這樣的話，那剩餘的年輕人到底去了哪裡？

難道說……跟樹林裡的那個人一樣，變成了怪物？

周圍除了人們的喘息和慘叫、哭鬧聲之外，什麼也聽不見。

在安靜一分鐘左右後，樹林裡傳來震耳欲聾的警報聲。

大量的警笛頭正往這塊空曠區域聚集，數量甚至比之前追逐杜軒他們的還要多，不過都是原本那種比樹木還高的類型，沒有由屍體轉化而成的小型警笛頭。

手持槍械的人默契地各自散開，但在離開前，杜軒看到他們似乎把某個東西綁在倒地流血的人身上。

每個人都很有經驗，身手也夠俐落，早就已經看準逃離路線，輕輕鬆鬆就在警笛頭抵達之前消失在它們的視線範圍裡，就連戴仁佑也忍不住吹口哨感嘆。

「這些傢伙真的是有備而來，而且行動起來不像是普通人，對這附近也很熟悉。」

「槍也不是隨隨便便就能開，如果沒使用過真槍或是了解槍枝構造的話，是沒辦法開火的，我想那群傢伙裡面應該有具備相關知識的人在。」

夏司宇很自然地和戴仁佑討論起來，兩人真的就像是在看戲，輕鬆得很，完全看不出來兩人幾分鐘前還在鬥嘴。

處於緊張狀態之下的，恐怕就只有杜軒一個人。

他夾在兩人中間，雖說能感到安全，但還是會不由自主地害怕。

接著，由四處衝過來的警笛頭，很快就包圍整片空曠區域，它們只是低頭凝視那些血流不止的人。不清楚它們不會進行攻擊的傷患，被嚇得哇哇大叫，直到沒有力氣、失去意識為止。

警笛頭主動去碰觸那些已經斷氣的屍體，可是它的頭才剛伸過去。

就在這瞬間，屍體突然自爆，雖然範圍並不大，但爆炸威力卻足夠毀掉貼近的警笛頭頭部。

警笛頭應聲倒下，然而其他同類只是往爆炸處望了一眼，就將頭轉回去，繼續對著那些垂死的人發出震耳的警報聲。

杜軒懂了。

原來這就是爆炸聲的來源，以及那群人殺死警笛頭的方法。

總覺得有點太過簡單。

這樣的血腥場面，老實說杜軒看得很不舒服，甚至有些反胃想吐。

這畢竟是他第五次參與遊戲，屍體、鮮血、觸目驚心的傷口什麼的，他早就看慣，但是像這樣被炸到血肉模糊的景象，還是頭一次。

相對於他，夏司宇和戴仁佑倒是習以為常，甚至連眉頭都沒動。

「不覺得有些奇怪？」還在跟夏司宇討論的戴仁佑，突然說道，「那看上去是遠程操控的遙控炸彈，否則不可能在這麼剛好的時機爆炸。」

「我也這麼想。」夏司宇認同道，「倉庫那隻周圍除了炸裂的痕跡之外，沒有肉屑或人體組織，所以當時完全沒想到會是用這種方式。」

「我可從來沒在狩獵場看過遙控炸彈。」

「我也沒有，很有可能是做出來的。」

「發電廠那群人不像有這方面的知識啊。」

「你懷疑是懂製作炸彈的死者跟他們聯手？」夏司宇立刻否決這個猜測，「絕對不可能，那群人應該都已經離開那間房子了，他們之中沒有死者。」

活人無法分辨死者，但死者可以。

這是種直覺，無法用言語來說明，類似這個世界為他們設置的安全機制。

煩。

其實挺方便的，因為這樣他們就不用浪費時間去追殺錯誤的對象，可以省下不少麻煩。

相對於被帶到這個空間的活人，死者的待遇確實比較好一些。

也可以說，這個地方的創造者，就是想要虐待這些活著的人。

杜軒無視兩人的討論，輕扯夏司宇的衣服說道：「喂，你看那邊。」

以剛才的爆炸威力來看，人不會完全被炸成碎末，至少會有完整的屍塊，然而那裡什麼也沒有，就只有倒地的警笛頭以及炸過的痕跡。

夏司宇立刻問戴仁佑：「你剛才有看清楚發生了什麼嗎？」

「沒有，我也跟你一樣意外。」

這種情況，兩人都沒看過。

難道說在爆炸的同時還可以完全消滅屍體？這怎麼可能！

問題還沒解決，又傳來幾處爆炸聲，看樣子剩下的炸彈都已經被引爆。

被炸死的警笛頭有五隻，而在所有屍體都被毀掉後，警報聲也跟著停止，剩餘的警笛頭就這樣緩慢地各自四散，對於同伴的死亡完全沒有任何反應。

三人原以為就這樣到此為止，沒想到原本離開、四處去躲藏的人又走回來了。

他們似乎是在警笛頭的身體上找尋某種物品，不過並沒有達到目的，於是幾個人又再次聚集，認真討論。

由於距離有點遠，杜軒聽不見他們說的話，卻聽見夏司宇不悅的咂舌聲。

「看樣子他們不是隨便濫殺怪物，可惜沒提到是在找什麼東西。」

「這麼遠，你能聽到他們在說什麼？」

「看唇語。」

「只靠月光的亮度，還隔了這麼遠，你居然能看得見？」

「我視力比你好。」

杜軒很想吐槽，但考慮過後還是決定放棄，免得自討苦吃。

戴仁佑沒理會杜軒，和夏司宇聊起來。

「他們在說要繼續找活人來設陷阱。」

夏司宇點頭，「嗯，不過也提到這附近沒人可抓，除了剛才逃跑的兩個人。」

「有漏網之魚啊！那他們肯定會去找那兩人，但他們到底是想從這些警笛頭身上找什麼？」

「似乎沒提到這部分。」

「我也沒看到。」戴仁佑摸著下巴思考，「好吧，我承認留下來看戲得到的情報確實不錯，不過現在有新的問題……要暗中跟著他們嗎？」

「我跟你的話是能做到，但問題是有這傢伙在。」

「……唉，說得也是。」

兩人默契地同時看向杜軒。

杜軒很不爽，覺得自己被這兩人針對了。

明明個性不合，他們卻老是在奇怪的地方產生默契。

重點是，就只有他看不到、也不會讀唇語，對這兩人來說倒是自然得像呼吸一樣，反而是身為正常人的他變得不合群。

「你們兩個是在故意玩我對吧？」

夏司宇和戴仁佑交換眼神，直接跳過這個話題。

「我帶著杜軒去找逃跑的兩個人，應該不會離這裡太遠。」

聽到夏司宇的分配，戴仁佑嗤鼻笑道：「哈，你有能力在這種地方追蹤獵物？」

「這點能力我多少還是有，再說，人比動物好追蹤。」

「應該交給對這附近地形熟悉的我來找才對，你自己去跟著那群人。」

「你對他出手過兩次，我怎麼可能讓你跟他待在一起。」

不久前還很有默契的兩人，現在變成怒目相對，說翻臉就翻臉。

杜軒卡在中間十分尷尬，他知道自己的意見不會被列入考量，乾脆放棄掙扎。

「總之，你們趕快講好，我看那些人要走了。」

杜軒好意提醒，但看上去應該是來不及了。

他真心搞不懂這兩個人的關係到底是好還是不好。

最後三人完美錯過追蹤那群人的時機，只好一起去找逃跑的年輕人。

反正最後目的都一樣，還是會遇到——杜軒只能用這個想法來安慰自己，並替這兩人打圓場，否則他們又要因此吵起來。

不過，就算他們沒為這件事起爭執，也會為了追查蹤跡的事產生相反意見，杜軒只能盤腿坐在地上，看著這兩人僵持不下，無奈嘆氣。

「追蹤血跡比較快。」

「這附近全都是血的味道，而且剛才那些傢伙開槍又放血，就算留有痕跡可以追蹤，也沒辦法百分之百確定來源。」戴仁佑大聲反駁後，提出自己的看法，「我認為要去追查足跡，往他們來的地方反向搜尋。」

「剛才怪物聚集過來的時候，肯定已經毀了足跡，你要怎麼追查？」

「開什麼玩笑！哪輪得到你懷疑我這專業獵人的實力！我告訴你，就算下大雨我也有辦法找到人！」

「看樣子我跟你無法溝通。」

「哈！這句話應該我來說才對，別以為是軍人就了不起。」

「……你怎麼知道我是軍人？」

「你持槍的動作和反應速度，還有胸前那狗牌，誰看不出來？」

杜軒忍不住抿唇，冷汗直冒。

夏司宇的穿著和他們在校舍初遇時一樣，當時他就沒注意到，還是夏司宇自己主動告訴他的。

話又說回來，當時的他忙得很，跟本沒時間去觀察男人的穿著打扮。

接著這兩人又開始爭論，至於內容，杜軒也懶得去聽。

他打了個哈欠，甚至等到有些恍神了，兩個死者才終於得出結論。

杜軒還以為這兩人會背對背，各自往不同方向走，沒想到卻默契地伸手把他從地上拉起來，就這樣各自抓住他的左右兩隻手臂不放。

這時，杜軒彷彿察覺到了什麼。

他們只有喬好要怎麼追查，但還沒討論要讓他跟著誰。

「喂，放手。剛才不是說過我來帶他。」

夏司宇一臉不爽地瞪著戴仁佑，戴仁佑也不遑多讓。

「我想跟這傢伙搞好關係不行嗎？你才是，別老黏著，又不是他養的狗。」

「你覺得我會相信你？」

「信一次又不會要你的命！」

「我不允許，而且也不想。」

「你──」

「夠了，你們兩個。」

杜軒終於忍不住開口阻止，再這樣下去，什麼都做不了。

他把雙手抽回，環在胸前，自信滿滿地挺起胸膛。

「你們別忘記，這些警笛頭雖然被炸毀，但它們有恢復能力，不知道什麼時候會醒過來，所以我們最好在這之前離開。」

以之前倉庫裡那隻的復活時間來估算，警笛頭恢復行動能力所需的時間少說也要幾小時，雖然不是立刻就會有危險，不過還是早點遠離這塊區域比較好。

「我自己找地方待著等你們，這樣你們行動起來也比較輕鬆，我不想當拖油瓶。」

在他們爭論不休時，杜軒並不是完全沒有思考這件事，而這就是他得出的結論。

他是活人，而這兩人是死者，本來就沒有義務必須保護他，只是因緣際會、不知為何就變成了現在這樣。

雖然自己一個人存活機率會變得很低，可是他不希望成為任何人的煩惱。

「不行！」

夏司宇和戴仁佑異口同聲，否定杜軒的決定。

杜軒愣在那，不停眨眼。

「臭小子，你帶著他，追蹤足跡的事交給我來。我會找到那些活人的。」

「你沒見過那些年輕人，沒問題嗎？」

「反正年紀跟剛才死在這裡的那幾個小伙子差不多，我能判斷得出來。」

「那就交給你。」

戴仁佑點頭，接著說：「你們回餐廳等我。」

「好。」

杜軒才剛回過神，這兩人就已經用最快速度談好，戴仁佑甚至直接背著槍衝進樹林，他連阻止的時間也沒有。

這麼快就做出決定，那剛剛吵那麼久到底是在幹嘛！

「我們回餐廳去。」

戴仁佑離開後，夏司宇再次抓住杜軒的手臂。

眼看逃不掉，也沒有拒絕的權利，杜軒只能放棄。

「不要緊嗎？不是說要盡可能保持移動？」

「現在沒那時間，再說還要另外找會合點也很麻煩。」

「哈啊……感覺又回到原點。」

「這句話是我要說的吧。」

「欸，戴仁佑會不會就這樣直接離開，不回來了？」

「我想應該不會，他還沒達成目的。」夏司宇冷哼，「原來你記得那傢伙的名字？我還以為你不記得所以才會喊他大叔。」

「那是故意的啦，我的記憶力沒那麼糟糕。」

「我倒是忘記了。」

「你那是選擇性遺忘。」

杜軒嘆口氣，懶得糾正夏司宇的想法。

當他聽見夏司宇提起戴仁佑的「目的」時，目光不由自主轉向倒地的警笛頭，靜靜地盯著它看。

那群人究竟想要在警笛頭身上尋找什麼東西？不惜殺人做為誘餌，也想拿到手。

他雖然還無法百分之百確定，但……坦白說，心裡已經有底了。

若是跟他猜想的一樣，或許真能在這群人身上找到離開狩獵場的方法。

「你在想什麼？」夏司宇看見杜軒都不說話，知道他又在思考其他事，自然地開口詢問，「是不是跟我一樣對那個大叔有很多抱怨？」

「不是啦，話說你們兩個明明很合拍，為什麼老是愛吵架？」

杜軒冷汗直冒，真不知道夏司宇到底有多討厭戴仁佑。

但，夏司宇看起來不像是會跟討厭的對象混在一起的人，他既然肯讓戴仁佑纏著他們，就表示他認為戴仁佑有利用價值，或是沒什麼威脅。

雖然戴仁佑已經攻擊他兩次了。

「我想看一下剛才他們待的那間房舍之後再走。」

「……你確定？」

「放心，我不是那麼怕血跟屍體。」

「但是剛才爆炸的時候，你的臉色不是很好看。」

「你居然還有時間觀察我。」

「不經意看到的。」

「我和你們不同，本來就是個普通人，不習慣這種充滿血腥跟槍彈雨林的生活，在來到這裡之前，我也會害怕屍體……現在的話，與其說是習慣，倒不如說比起這些，我更怕自己會死。」

夏司宇皺眉，「我不會讓你死。」

杜軒眨眨眼，忍不住笑出來。

看他一臉認真地回答自己，杜軒不知道為什麼，心裡反而感到輕鬆不少。

是因為他知道夏司宇確實有辦法兌現諾言，又或者是待在他身邊總是很讓人安心？

但，要是習慣了這份安全感，他怕自己會因此鬆懈而走錯路。

畢竟，他是要離開的，和永遠只能待在這裡的夏司宇不同。而且離開後，他也不知道會不會再和他相見。

「話說回來，你說過死者要獵殺活人，這樣就能讓你們離開這裡？」

「怎麼突然提起這件事？」

「我只是有點好奇。如果你也跟戴仁佑一樣會去殺其他人，那為什麼要幫我？」

夏司宇瞇起眼，面對這個問題，他並沒有立刻回答，變得比之前還要沉默。

杜軒覺得氣氛有些尷尬，難道他問了不該問的問題？

「你不想回答也沒關係，沒有勉強的意思。」

「……不，這到不是什麼難以啟齒的事，只是我覺得，你可能不會相信。」

「嗚哇，你還真懂怎麼勾起我的好奇心。」杜軒的雙眸瞪得更大了，「這樣說會害我更想知道的吧！」

夏司宇看著他閃閃發光的眼睛，不由得伸手摸了摸他的頭。

杜軒總覺得自己好像被當成小孩子對待，怪不好意思的。

「我活著的時候殺的人已經夠多了，死後不想再拿這個理由來換取生存。」

夏司宇短短的一番話，重重打在杜軒的心臟上。

沒想到夏司宇的理由居然如此正直，他真該好好反省自己過於好奇的態度。

「但，我會幫你是因為其他理由。」

「不會是看我可憐，所以把我當成流浪貓狗對待了吧？」

「你覺得我是那種看到別人可憐就出手幫助的人？」

「呃……確實不像。」

「那就對了。」

夏司宇點到為止，並沒有說出真正的理由。

杜軒雖然很想知道，可是夏司宇不回答的態度，讓他直覺認為最好趕快結束這個話題。

不論理由是什麼，至少確定夏司宇是站在他這邊的就好。

「給你五分鐘，你自己進去，我在外面等你。」

「會不會太短！」

「是你自己說要趕快離開的。」

「好啦好啦。」

夏司宇站在門口，還真的就這樣看著他自己進去房舍。

杜軒沒辦法，只好硬著頭皮快去快回，希望能找到一些可用的線索。

房舍裡很暗，為了方便尋找，杜軒只能用手機螢幕的燈光來照亮周圍。

牆壁、地板上都是血，還瀰漫著惡臭，令人反胃。

因為時間有限，杜軒快速搜索了一下，就在他以為沒什麼收穫的時候，發現角落似乎有個男人坐在那。

杜軒嚇了一跳，差點喊出聲，幸好即時壓抑住，否則又要把警笛頭引過來了。

他走近看，這個人垂著頭，所以看不清楚臉部，他也沒那個膽去碰，就怕對方突然跳起來或是又變成怪物。

這個人穿著的襯衫上全都是血，上面還有被子彈貫穿的破洞。

「屍體？但是……為什麼警笛頭沒有發現？」

明明警笛頭對於屍體都有感應，照理來說不可能遺漏才對。而且這人也不是死者，畢竟死者不會死，戴仁佑也說過，活人能用的槍也無法殺死他們。

杜軒繼續仔細觀察屍體的狀況，這時才發現，他身上除了槍傷之外，還插著一根尖銳的鐵條。

前端插入身體裡，所以不確定是什麼模樣，但這根鐵條跟手臂一樣粗、看起來也差不多長，必須要用相當大的力氣才能插入人體。

如果不是前端做成易貫穿的尖銳狀，那就是使用這跟鐵條攻擊的人，有著相當可怕的怪力。

杜軒有些猶豫該不該把鐵條拔出來看個清楚，可是屋外已經傳來夏司宇的呼喚聲，讓他打消了念頭。

「喂！五分鐘到了。」

「我有新發現，你能進來看一下嗎？」

夏司宇聽到杜軒這麼說，起先有些猶豫，但最後還是走進房子裡。

他一臉急著想離開的樣子，大概是怕警笛頭忽然復活，這樣的話他們就更難脫身了。再被警笛頭群體追一次，他可受不了。

「你發現什麼？」

「這個。」杜軒指著屍體，「你能判斷他是活人還是死者嗎？」

夏司宇原本覺得杜軒的問題很奇怪，但是當他看著牆角的屍體後，突然蹙緊眉頭，表情變得很嚴肅。

他蹲下身，和杜軒肩並肩觀察這個屍體。

「這怎麼可能……」夏司宇垂眼道，「『死者』不是不會死亡嗎？」

聽到夏司宇說的話，杜軒確認了心中的猜測。

看樣子那些持槍的活人，手裡握有能夠殺死「死者」的方式。

第九夜

逃脫（中）

「你確定這個人是『死者』？」

杜軒再次開口詢問，夏司宇也點頭回應。

「啊啊，絕對不會有錯。死者之間有共通性，所以我們不會認錯彼此。」

「沒想到那些人不但危險，還有能夠殺死你們的辦法。」杜軒聳肩，「雖然說你們早就已經『死』了。」

他總覺得像在說繞口令，連他自己都有些難懂。

夏司宇觀察屍體的情況後，和杜軒一樣都發現到槍傷與鐵條的存在。

和杜軒不同的是，夏司宇很快就看出這根鐵條是什麼。

「那是警笛頭身上的鐵條。」

「什麼？真的假的！」

「鐵條的模樣，包括生鏽的部分，都和警笛頭一樣。你想確認的話，可以去外面和那些倒地的警笛頭比較看看，就能知道我說得對不對。」

「不，我相信你的判斷。」杜軒摸著下巴思考，「而且如果這真的是警笛頭的一部分，那麼就有道理了。」

「……什麼意思？」

「之前我待過的遊戲方式都很單純，找到詛咒物品，殺死怪物後逃脫。」

「這我知道，但是跟這件事又有什麼關係？」

「『詛咒物品』取得的方式，你之前和我經歷過一次對吧？」

「是沒錯。」

「雖然出現原因和方式各有不同，但事實上，『詛咒物品』全是從其他怪物身上取得的，就像我們那次遇見的小孩。」

「你有什麼想法就直說，用不著在這邊拐彎抹角的。」

夏司宇放棄思考，因為他根本聽不懂杜軒想表達什麼。

杜軒露出無奈的笑容。

「簡單來說，每場遊戲裡都固定會有兩樣東西，一個是『詛咒物品』，另外一個則是『能被詛咒物品殺死的怪物』。」

他勾起嘴角，指著那根鐵條，「這個狩獵場的『詛咒物品』就是警笛頭，而『能被詛咒物品殺死的怪物』，則是身為死者的你們。」

夏司宇瞪大雙眸，在杜軒提出這個可能性之後，驚訝不已。

警笛頭不是怪物，「死者」才是？

沒有人會往這個方向思考，但杜軒光靠這具屍體就能做出判斷——他果然是個很聰明的男人，甚至超出他的想像。

明明才來到狩獵場沒多久，他卻能立刻理解其他人花好幾天、甚至幾個月以上的時間所找到的線索。

「你的表情似乎是在懷疑我。」

「……不，我是真心覺得你很厲害。」

「我倒是覺得能找到這些線索的人比較厲害，我不過是從結果來反推而已。」

「你這麼說就是在小看自己。」

「哈哈！沒想到你對我的評價這麼高。」

「如果不是因為看中你這點，我也不會浪費時間保護你。」

「唔——」

不知道為什麼，夏司宇如此坦白承認，反而讓杜軒有些不好意思。

他這個人就是經不起讚美，雖然知道夏司宇只是就事論事，還是讓他感到彆扭。

「總、總而言之。」杜軒搔搔頭，怪不好意思的，「這只是我的想法，還是需要確定一下，不能妄下判斷。」

「我倒是覺得你說的可能性很高，單靠這個屍體，其實就可以確認這個想法有沒有錯。」

「別吧，你真要把我的話當真？」

「幹嘛對自己這麼沒信心？」

「因為我也不是很確定，萬一錯了怎麼辦。」

「反正沒損失。」

夏司宇一副無所謂的態度，令杜軒忐忑不安。

他的這個猜想雖然很合理，不過還是有幾個小問題在。

「剛才那些人進來這裡的時候，除了被當成誘餌的那幾個人之外，沒有抓別人。也就是說，這個死者之前是和他們一伙的。」

「可能進屋後就沒出來過，所以戴仁佑才沒發現。」

「你覺得他是刻意藏在這群人之中，像那個女人一樣，打算從團體中瓦解他們，還是說他本來就是他們的同伴，卻遭到背叛並殺害？」

「後者可能性比較高，如果不是百分之百確定這個人就是死者，他們也不會隨便拿重要的『詛咒物品』捅別人。」

「他們有這麼重視伙伴？真看不出來。」杜軒懷疑地眨眨眼。

「畢竟對他們來說，少一個人就會少一分攻擊力。想獵捕其他活人，又必須迴避死者跟警笛頭的話，人數多一點對他們來說是好事。」

「若是這樣，就表示真的有會製造炸藥以及擁有武器知識的死者在他們之中。」

杜軒原本還以為，死者和活人聯手的情況只會發生在他們身上，沒想到早就存在了，而且還配合的很好。

這不禁讓他思考，這名死者究竟是做了什麼，才會反過來被同伙殺害。

「看樣子『死者』死後就只是這樣，連灰飛煙滅的權利都沒有。」

夏司宇看著同伴的屍體，心情突然沉重起來。

因為「死者」不會死，所以他從沒想過，他們若是「死亡」會變成什麼模樣。

看這樣子，他們並不會變成怪物，也不會像活人一樣被消滅，而是就這樣躺在嚥下最後一口氣的地方，什麼都不會發生。

「喂，別這麼陰氣沉沉的。」杜軒拍了一下夏司宇的後腦勺，「雖然這樣說有點奇怪，但至少你現在對我來說還『活著』，我會努力不讓你被殺死的。」

夏司宇面無表情地看著他。

「……你該不會是想保護我？」

「當然，總是要互相照顧嘛。」

「呵，還不知道是誰在照顧誰。」

看著杜軒挺起胸膛，一副包在他身上的態度，夏司宇心裡忽然輕鬆不少。

跟這個人待在一起還真有趣，好像永遠都不會膩。

「該走了。」夏司宇起身，同時抓住杜軒，把他從地上撈起來，「沒辦法確定外面那些警笛頭什麼時候會復活，我們得在那之前離開這裡。」

「哇啊！別、別這樣抱我啦！我又不是小孩子！」

夏司宇把他放回地上，什麼也沒說，轉身走出房子。

杜軒只能氣呼呼地跟在後面，被人當成小孩子的感覺真糟糕。

杜軒覺得自己一直在走回頭路，走來走去都是在這幾個地點徘徊，彷彿從來沒有離開過樹林。

他氣喘吁吁地跟在夏司宇身後，實在不懂為什麼兩個人看起來年紀差不多，體力卻天差地別，夏司宇看起來輕輕鬆鬆，他卻已經累到不行。

夏司宇在前面開路，同時不忘警戒周圍，一有動靜就停下來查看，確定沒問題才會繼續帶著杜軒前進。說真的，有他在很讓人放心，只可惜杜軒的腿不夠力。

滿頭大汗的杜軒扶著旁邊的樹幹，用手背擦拭掛在下巴的汗水。夏司宇給他穿的外套，此刻就像是悶熱的火爐，但脫下後又會因為樹林的低溫冷到顫抖，演變成脫也不是、穿也不是的兩難情況。

「不……不行了，讓我休息一下。」

杜軒背靠著樹幹，慢慢向下滑落，癱坐在潮溼的泥土地上。

他現在也懶得管屁股會不會溼，體力都已經透支了，誰還在意這種小事。

做服務業的他，本來體力算比較好的，但持續的逃跑加上恐懼，讓體力消耗的速度變快，之前注意力不在這上面，直到現在才意識到。

「以你這速度，恐怕永遠都到不了。」

夏司宇走回來，一把將杜軒從地上拎起來。

杜軒軟趴趴地隨他處置，結果沒想到夏司宇竟然直接背著他往前走。

換作是平常的情況，杜軒百分之百會抗議，但他真的好累，索性直接用臉頰緊貼夏司宇的背部，享受不用花半點力氣就能移動的特殊待遇。

只可惜，夏司宇的速度很快，加上樹林並不是平地，走起來特別顛簸，所以靠在他背後的杜軒一直感受到上上下下的撞擊，跟本沒辦法好好休息。

除了不用花力氣走路之外，完全沒有半點好處。

「唔呃呃，好想吐。」

「你別吐在我身上。」

「那你就走慢點，別晃這麼大力。」

「要求真多，再挑剔就自己走。」

杜軒只能乖乖閉上嘴，相當認命。

因為有夏司宇的幫忙，後面路程花費的時間少了非常多。

好不容易回到廢棄遊樂園的兩人，終於抵達餐廳附近。

杜軒想到能在那溫暖又軟綿綿的毛毯上休息，心情就輕鬆不少，也忘記這趟令他反胃的路程。然而夏司宇卻沒有走進餐廳，反倒是背著他蹲在旁邊的矮牆後面。

「你能自己走嗎？」

「可以。」杜軒慢慢爬下來，小心踩穩腳步。

多虧夏司宇背著他走這段路，讓他恢復不少體力，加上脫離了那片難走的樹林，所以精神也還算不錯。

他看到夏司宇表情嚴肅地向他示意不要說話，立刻點頭表示知道。

雖然還沒搞清楚他們到底在躲什麼，但杜軒已經很習慣了，反正只要聽夏司宇的話準沒錯。

夏司宇留他一個人在那，獨自靠近餐廳觀察，在確認裡面的情況後才走回來。

「有沒有看見那邊的紅光？有兩個人躲在那。」他貼在杜軒耳邊輕聲道。

「嗯，有。」杜軒有些緊張，沒想到居然會有人比他們先到。

慶幸的是，戴仁佑似乎還沒出現，只要他們小心應付的話就沒問題。

「那兩個人有武器嗎？」

「沒辦法確定，得靠近點才能知道。」

視線不佳加上被障礙物阻擋視線，夏司宇沒辦法看得很清楚。

他把手搭在杜軒的肩膀上，「你躲在這，不管聽到什麼聲音都別出來。」

「沒、沒問題。」

杜軒點點頭，看著夏司宇手腳俐落地翻越窗戶，神不知鬼不覺地溜進去。

接著餐廳裡傳來一陣吵鬧，幾秒後就安靜下來，速度快到讓杜軒傻眼。

不會吧，夏司宇神到這種地步？不到幾秒就能解決兩個人？

躲在矮牆後面的杜軒驚訝到傻眼，就在他胡思亂想的時候，他聽見夏司宇喊他的聲音。

「可以出來了。」

杜軒安靜不動，而夏司宇則是被他慢吞吞的動作惹惱，不由自主加重語氣。

「我說可以出來！」

「欸……你不是說不管聽見什麼都別出來嗎？」

杜軒從矮牆後面探出半顆頭，盯著站在餐廳門口的夏司宇。

他其實只是想跟夏司宇開個玩笑，但夏司宇雙手環胸，火冒三丈的模樣，害他趕緊跳出來，三步併兩步走到他面前。

「都什麼時候了，你還跟我鬧著玩？」

「抱歉，我的錯。」杜軒乖乖認錯，他可不想被夏司宇揍。

夏司宇沒有繼續責罵他，而是側身示意他進去。

杜軒走進餐廳後，看到兩個渾身是傷的年輕男生坐在旁邊的座位上，同時抬起頭看著他。

兩個年輕人看上去很緊張，眼神有些渙散，十分疲累的樣子。

以他們的年紀來看，跟他最開始在倉庫遇到的那群人差不多，但杜軒對他們的長像記得並不是很清楚。

「呃、你們是……」

年輕人看了一眼夏司宇，接著由戴眼鏡的男生回答：「我叫景皓，這傢伙是任偉學。」

他們似乎知道，如果不老實回答受苦的就會是自己。

不曉得是不是因為一直在逃跑的關係，兩人看上去很憔悴，也早就失去活力，甚至連話都不想說。

想到他們可能遭遇的事情，杜軒就有些於心不忍。

他看著戴眼鏡的男生，腦中浮現出樹林裡垂死的年輕人口中喊的名字。

但他，最好還是別提起這件事比較好。

「我是杜軒，這傢伙是夏司宇。」杜軒釋出善意，想至少讓這兩人別那麼精神緊繃，「我們只是想找個地方休息，不會打擾你們的。」

兩個年輕人互看一眼，沒有理會杜軒，而是選擇回到他們升起火的地方休息。

杜軒無奈苦笑，把站在門口的夏司宇拉到旁邊去。

「就是他們。」杜軒小聲地貼在他耳邊說，「他們就是逃走的那兩個年輕人。」

夏司宇愣了一下，想到不知情的戴仁佑還在外面白忙，突然感到心情愉悅。

「那你為什麼不直接把情況告訴他們？」

「現在不是時候，而且以他們的精神狀況，可能也沒辦法接受。」杜軒嘆口氣，「就算跟他們說那些人追過來了，他們很可能會直接放棄掙扎。」

「……確實，那種表情看上去就是想一死了之，我出現的時候，他們連點反應也沒有，就像兩個空殼。」

杜軒左右為難，不知道該怎麼做才好。

就在這時，周圍傳來警報聲，聲音大到像是要把天空震下來。

杜軒摀著耳朵，轉頭看向那兩個年輕人，發現他們神情驚恐、不知所措。

他實在沒辦法放任不管，便走過去拉住兩人的手。

「不要擔心，跟我過來。」

這兩人已經完全放棄掙扎，像是已經不再去思考要努力活下去這件事。

杜軒把兩人拉到之前夏司宇藏著他的房間，簡單包紮他們的傷口，這段時間夏司宇一直站在門口，面無表情地看著他忙碌。夏司宇的眼神很有壓迫感，兩個年輕人連話都不敢說，就這樣任由杜軒替他們治療。

杜軒很有一手，也相當熟練，沒兩三下就做好緊急治療。之前夏司宇替他治療時的藥品都還在，再加上這兩個人的傷並不嚴重，所以處理起來相當容易。

「謝謝。」

任偉學向杜軒點頭示意，景皓則是垂著頭坐在那發呆。

這兩個人之前還很有活力地在倉庫爭吵，而現在卻連話都懶得說了。

「我之前遇到一群帶著槍的人，你們知道他們是誰嗎？」

兩人莫名顫抖起來，彷彿不願想起那些人的事情，臉色十分難看。

杜軒又接著說：「我不想勉強你們，但我有想知道的事。」

這時，一直保持沉默的景皓忽然開口：「你想知道什麼？」

「他們是如何分辨死者，又是如何知道要怎麼取得殺死『死者』的武器。」

這個問題讓兩人同時露出驚訝的表情。

任偉學驚愕地問：「你……你以前該不會也是那些傢伙的同伴？」

「白痴，如果他是的話為什麼還要問我們。」景皓忍不住吐槽他，並輕推眼鏡，「我們也不是很清楚，但他們會拿著鐵條詢問。」

從這個問題，杜軒知道了幾件事。

第一，這群年輕人已經知道「死者」的存在；第二，他們知道這方面的情報，就表示他們已經接觸發電廠那群人一段時間了。

景皓接著說：「『死者』很怕那根鐵條，但是他們不會真的用鐵條去碰他們，好像是因為『死者』接觸到的話，雖然能夠殺死對方，但同時也會讓鐵條失去殺死『死者』的能力。」

「據他們說，鐵條是殺死怪物後掉落的物品，就像道具之類的，因為殺死怪物需要人力，所以他們才會邀請我們加入。」任偉學邊說邊回想當時的情況，忍不住顫抖，「當時我就覺得那些人不值得相信，可是古哥一直說這樣比較安全……」

「古哥？」杜軒聽見陌生的名字，下意識出聲提問。

任偉學回答：「是和我們在樹林裡走散的朋友。」

照這樣來看，任偉學提到的「古哥」，八成以上是他在樹林裡遇到的那個人。

「別說這種話，他後來為了讓我們逃跑，自己跑去當誘餌……不知道他現在人在哪，想找也不知道從何找起。」景皓皺著眉頭，對著任偉學碎碎念。

任偉學不敢反駁，摸摸鼻子，安靜不說話。

杜軒不忍心把事實說出口，選擇沉默以對。有時候，隱瞞事實不見得是壞事。

在聽完兩人給的情報後，杜軒重新在腦海裡整理手邊的資訊，同時也讓自己原先的猜測變得更加明確——確實，目前的情況跟他想的差不多。

坦白講，他覺得有點簡單，不過在這種緊張的氣氛以及隨時都可能會死亡的危險情況下，就算是再簡單的事情，也沒辦法想得透徹。

不過令他意外的是，鐵條雖然擁有能殺死「死者」的力量，但只能使用一次。怪不得那些人沒有把鐵條帶走，而夏司宇也能夠直視那根鐵條，就算靠得近也沒有什麼感覺。

而這些情報，夏司宇也是第一次聽到。

他本來就不打算接近發電廠那群人，所以自然對這些事情都不了解。從結論來看，好在他的直覺夠準，要不然很有可能會被對方當成目標盯上。

不過，他認為知道這件事的死者恐怕也沒幾個。

杜軒見兩人都沒詢問自己跟夏司宇是活人還是死者，就知道他們沒有產生懷疑，直接就認定他們是同類。

是因為他們沒有敵意的關係？

這麼想也對，如果是想要花時間打入活人群體的「死者」，根本不會用這種麻煩的方式，他們兩個本來就奄奄一息了，直接殺掉比說謊拐騙更簡單輕鬆。

「你為什麼想知道這些？」

景皓突然的提問，讓杜軒愣了半秒。

「因為我覺得那很有可能是讓我們離開這個地方的關鍵。」

一聽見他說的話，兩個人的眼睛瞬間亮了起來，彷彿看到一絲生機。

「真的假的？」

「你別隨便開這種玩笑！」

杜軒勾起嘴角，對自己說的話充滿信心。

「我不會開這種玩笑，再說，騙你們也沒什麼好處。」

「那你為什麼要跟我們講？」景皓突然冒出警戒心，說起話來也變得小心翼翼。

「同伴越多越好，我們既然在這種鬼地方巧遇，也算是種緣分。」

「那些拿槍的傢伙也是這樣說，然後我們就傻傻被騙了……」任偉學咬緊下唇，語氣憤恨不平，「阿堯……還有其他人，都被他們殺掉了，現在就只剩我們兩個了。」

「總之，我覺得那些傢伙手上肯定還有鐵條，現在要做的就是想辦法拿到手。」杜軒笑嘻嘻地說，「我們之前是被那些傢伙狩獵的對象，現在該輪到我們這些『獵物』反咬了。」

沒有人規定獵物不能成為狩獵者，只要有那個想法，無論是誰都能成為獵人。

景皓和任偉學用眼神互相確認想法後，決定加入杜軒的行列。

「算我們一份。」景皓說道，「總比待在這裡什麼都不做來得強。」

「是啊！而且我們也想替朋友報仇。」

杜軒點頭，「沒問題，但你們這麼簡單就相信我，沒關係嗎？」

兩人同時回答：「沒關係！」

見他們的態度如此肯定，杜軒也就不再多說。

「那好，就這樣決定了。」

拍案決定接下來的行動後，外面的餐廳又出現一個高大的黑色人影。

由於他背對著月光，身材又壯碩，還背著好幾把槍，讓人恐懼感倍增，尤其是警皓和任偉學，差點沒被嚇死。

「嗚哇啊啊！」任偉學跳起來，立刻躲到景皓身後。

景皓看起來也有些緊張，雖然已經盡可能保持冷靜，但表情卻有些僵硬。

夏司宇和杜軒因為背對餐廳門口，看到這兩人突然臉色大變才轉過頭。

但是，他們並沒有表現出恐慌的態度，仍舊輕鬆自若。

「動作還真快啊，大叔。」杜軒忍不住調侃他。

戴仁佑走進來，火冒三丈地抱怨：「話先說在前面，我不是沒找到，而是追查足跡後才跑到這裡來的。」

夏司宇雙手環胸，不以為意地冷哼，「但還是花了不少時間。」

「吵死了！天曉得這兩個傢伙會這麼巧，剛好就跑到我們會合的地點！」

這兩個人果然一見面就吵，不過會合了也好，省得麻煩。

景皓和任偉學看到他們三個人和睦相處的模樣，起先還有點疑惑，過了一段時間才終於放下心中的大石頭。

「這個人也是你的同伴？」景皓不敢置信地詢問杜軒，「你們是什麼？傭兵團嗎？」

「不是不是，你別想得這麼複雜。我們三個只是湊巧混在一起而已。」

杜軒急忙否認，就怕這兩個人誤以為自己也是那種很擅長打架的人。

萬一遇到緊急情況，他們跑來向他求助的話，就只能一起等死了。

「哈……是嗎……」

景皓和任偉學看起來似乎不太相信他的解釋，總覺得才剛拉近的距離，又突然被拉遠了，看樣子戴仁佑真的很容易讓人產生畏懼。

這也不怪他們，畢竟戴仁佑看上去就不像個好人，還帶著這麼多武器，簡直就像行走的軍火庫，天知道他的背包裡裝有多少危險物品。

杜軒暫時讓兩人回到火堆邊休息，自己則是走向還在拌嘴的夏司宇和戴仁佑。

剛開始好像聽見他們在吵追蹤能力，現在不知道為什麼，吵架的主題已經變成穿著打扮。

這中間到底發生了什麼事？

「大叔，你能不能小聲點？就算這裡暫時是安全的，但安靜點還是比較保險。」

戴仁佑不以為意地哼氣，「你嫌我吵？我去幫你找人你還嫌我吵？」

杜軒嘆氣，看樣子戴仁佑真的覺得很委屈，心情超級不好。

換作是他發現要找的人竟然碰巧出現在會合點，還和分開的同伴開心聊天，確實也會不爽。但這真的只是運氣，他跟夏司宇也沒想到會變成這樣。

不過，戴仁佑抱怨歸抱怨，還是沒忘記正事，而他剛才也已經把事情告訴夏司宇了。

夏司宇果斷轉移話題，對杜軒說：「發電廠那群人似乎也在來這裡的路上。」

「什麼？真的假的！」杜軒瞪大眼，「他們怎麼會找過來？」

「看樣子有人指導過他們如何在樹林裡追蹤獵物。」戴仁佑一臉不爽地回答杜軒的問題，「真不知道是哪個閒著沒事幹的傢伙。」

「……或許是被逼的也說不定。」

杜軒把鐵條的情報告訴戴仁佑，戴仁佑聽完後很驚訝，因為他完全沒想到竟然會是這樣。

他們「死者」並不是獵人，活人才是。

活人從警笛頭身上取得鐵條後，就可以獵殺他們，只要殺對人——就能夠離開這個鬼地方。

「媽的！這到底是誰設計出來的爛遊戲！」

杜軒能體會他的感受，雖然這個想法沒有太大的問題，但實際上還存在著一種可能性。

雖說拿鐵條殺死正確的死者就可以離開，這個理論看上去沒錯，可是如果根本就沒有「正確」的目標呢？

這樣的話，就只會變成活人與死者之間的戰爭而已。

杜軒不是很喜歡消極的想法，但，這是有可能發生的事。

就算知道可能會變成這樣，現在他們也只能硬著頭皮試試看。

首先，就從活下去開始。

第十夜

逃脫（下）

一群帶著武器、穿著防風外套的男人，從樹林裡走出來。

他們的目標，是廢棄遊樂園中的餐廳。

在樹林裡尋找脫逃的兩人時，他們不經意發現這裡有白煙升起，很顯然是有人躲在那裡取暖。

永不見太陽的昏暗空間，加上永遠持續的低溫，若沒有足夠的禦寒裝備，絕對沒辦法在這裡生存下去。

相較於資源豐富又經驗充足的他們，逃走的景皓跟任偉學根本沒有活命的機會。

由於煙升起的位置就在兩人逃離的路線上，所以他們合理推測景皓跟任偉學就在這裡。

而且，這附近的活人幾乎已經被他們抓光，所以他們原本就打算在把那兩人抓回來之後，轉移到其他地方去找下手的目標。

即便是手裡握有武器，能夠對付死者也不怕被活人偷襲，但他們行動起來還是特別小心。

「附近好像有怪物。」

「應該是巡邏的，小心別碰到就好。」

警笛頭的行動路徑是固定的，他們也是花了很長的時間觀察，好不容易才抓準規律，所以能在警笛頭衝過來之前輕鬆全身而退。

自從同伴裡有人在被警笛頭追逐的時候，為了逃命而引爆炸藥自殺，導致警笛頭也受到波及摧毀，他們才明白，這隻怪物並非無法打敗。

雖說警笛頭很脆弱，只要用炸藥就能毀掉，卻不會真正「死亡」，這對他們來說是最棘手的問題。

不過就算警笛頭還是會復活，但打倒它後獲得的收益比想像中更高。

碰觸到殺死警笛頭後掉落的物品時，關於它的大量知識瞬間傳入腦海，並取得能讓他們從獵物身分轉變為獵人的關鍵情報。

在這之後，他們決定成為獵人，除掉所有死者。

反正不可能離開這裡，那麼至少，想安穩地在這裡生存下去。

——然而，會有這樣的理解和想法，是因為這裡的活人全都沒有經歷過其他遊戲，根本不知道只要用「詛咒物品」殺對目標，就能順利逃脫。

在整座「狩獵場」裡，唯一知道這件事的，就只有第五次參與遊戲的杜軒。

在出發去尋找下一批用來做為誘餌的活人時，發電廠這群人分成四人與五人小隊，各自往不同方向移動。

來到廢棄遊樂園區域的，是持有武器數量較多的五人小隊，不過光從外表看不出他們手裡還有沒有其他可以用來對付死者的鐵條。

不知道是不是因為過度自信，他們直接進入升著火堆的餐廳裡。

然而這裡只有燒了一段時間的木柴，沒有看到半個人。

「搜索附近，那些傢伙受了傷，不可能跑太遠。」

「我去外面找找看。」

「我跟你去。」

幾個人很有默契，快速分配好工作。

留在餐廳裡的有三人，另外兩個則是在附近查找足跡。

落單的兩人一前一後護著彼此，留意著周圍的情況，卻沒發現到身後有影子正在逼近。

當走在後面的男人發現一道黑影從背後冒出來的時候，已經晚了一步。

戴仁佑一把捂住他的嘴，不給他機會發出聲音，但由於這個兩人小組離得很近，前面的人很快就發現狀況不對。

「該死！你是從哪……唔！」

對方還沒說完，夏司宇就用最快速度從側邊抓住他舉起槍的手，順勢將人扛上肩膀，高高頂起後重摔在地。

同時，戴仁佑也已經把另外一個人拖到旁邊的旋轉木馬後面，往他後腦勺敲下去，直接把人擊暈。

在旁邊待命的景皓跟任偉學看傻了眼，沒想到這兩個人這麼能打。

「發什麼呆？還不過來把人綁好。」

戴仁佑朝兩人咂舌，這才讓他們回神，匆忙拿著割斷的電線跑過來，分別捆住兩人的拇指和雙腳。

「他們一時半刻應該醒不來，要是醒來的話就用這個射他們。」

戴仁佑邊說邊從包包裡拿出兩把小槍，順手扔給任偉學和景皓。

任偉學手忙腳亂接住，臉色慘白地低喊：「你、你該不會是要我開槍打死他們吧！」

「小子，看清楚點。那是麻醉槍。」

「欸？」

景皓搖搖頭，搭著同伴的肩膀說：「你別這麼大驚小的，剛才不是已經說過不能殺死他們嗎？」

「是這樣沒錯啦……」任偉學有點不好意思，無奈苦笑，「抱歉，我太緊張就不小心忘了。」

「真是……喂，我說，交給這兩個小孩真沒問題嗎？我看他們連真槍都沒碰過，會不會失手打在自己身上？」

「你要是擔心的話就留下來照顧他們。」

夏司宇冷漠地回答，讓戴仁佑很不爽。

「你看我像是保母嗎！」

「挺像的。」

「欸！你的嘴巴真的很欠揍！」

夏司宇沒理他，直接往餐廳的方向走過去。

戴仁佑氣得原地跺腳，但也無可奈何，只好跟在後面。

「別這麼緊張，難道你就這麼怕他被人幹掉？」

「剛才那兩人身上沒有警笛頭鐵條，也就是說，很可能在剩下那三人手裡，如果真是這樣的話，我們就必須小心行事。」

夏司宇沒有回答戴仁佑的問題，反而認真跟他討論眼前的狀況。

他剛開始也很懷疑為什麼杜軒要這樣安排人手，甚至還叫他跟戴仁佑一起去把落單的兩人抓起來，明明只需要一個人去做就好。

在來到矮牆旁邊的時候，夏司宇看見之前交給杜軒的手槍，就這樣安靜的躺在地上。

夏司宇皺起眉，將手槍撿起來。

這樣看來，杜軒是打算一個人行動，所以才會把防身武器留在這，暗示他。

也許他懷疑餐廳裡的三人之中有人持有鐵條，才會故意把他們支開，而事實也確實如杜軒所想，外頭那兩人身上並沒有鐵條。

那個人的判斷能力，究竟有多可怕……簡直讓人懷疑他是不是有透視眼。

但同時，他也擔心杜軒會趁這段時間，做出什麼危險的舉動。

事實證明，夏司宇的擔憂是正確的，因為當杜軒支開他們四個人之後，就從餐廳大門走進去，裝作是不小心誤闖的普通人。

果然，不出幾秒的時間，這三人就像挖到寶一樣將他逮住。

杜軒並不是白白讓他們抓到，他沒那麼蠢，雖說之後可能會被夏司宇狠狠責罵，但是也得等事情結束後再說。

現在就看夏司宇能不能察覺到他的意圖了。

以夏司宇和戴仁佑的實力，應該很容易就能打倒這些人，只不過杜軒猜測，鐵條應該在這三人的手裡。

仔細回想，初次見到這群人的時候，夏司宇和戴仁佑竟然想跑，而不是去把他們殺掉，本來就是有點不符常理的情況。

夏司宇就算了，把活人當獵物玩的戴仁佑怎麼可能會錯過這個機會。

於是，便只有一種可能。

那就是這兩個死者的野性直覺告訴他們鐵條的存在，所以才選擇離開而不是衝過去把人全部幹掉。

若是這樣的話，所有事情就說得通了。

杜軒被反綁雙手，盤腿坐在地上，或許是因為沒有反抗的關係，這三人並沒有揍他或是傷害他。

他們搜刮杜軒身上的物品，甚至把他的胸包奪走，但裡頭除了地圖跟手機之外什麼也沒有，夏司宇給他的那把槍也沒被發現。

杜軒把槍留在了矮牆後面，兩手空空地走過來，因為只有這樣才能降低這些人的戒心。

他故意配合這些人，並非沒有反抗能力，而是為了找出鐵條藏在哪個人身上。只有拿到鐵條，夏司宇他們才能安心出手。

至於那把被他留下的手槍，則是給夏司宇的「暗示」。

不知道他能不能意識到他想表達的話。

「喂，這火是你生的嗎？」

或許是因為找不到其他人，持手槍的男子氣急敗壞地向杜軒提問。

杜軒竟回答：「抱歉，我不清楚，我也是才剛到這裡而已。」

「嘖！該不會是逃了吧？」

「怎麼可能？那兩個小鬼頭沒有那種反應能力。」

「算了算了，至少有抓到一個。」

三個人聚在火堆旁討論接下來要怎麼做，顯然只抓到杜軒，不符合他們的投資報酬率。

而這，也在杜軒的預料之內。

他知道這些人不會在抓到他之後立刻執行計畫，所以才會鋌而走險。

從倉庫以及剛才房舍的情況來判斷，這些人是在「累積人數」後才會執行計畫，現在這裡只有他一個誘餌，就算被抓到也暫時不會有性命危險。

「『那個』只剩一支了，這次一定得中才行。」

「該不會不會再掉落了吧？」

「混蛋，別在那邊烏鴉嘴！」

餐廳雖然很大，三人離杜軒又有段距離，可是正因為空曠加上四周圍沒有任何雜音，反而更能聽清楚他們在說什麼。

這些人也知道，所以刻意隱藏關鍵詞。

果然他們乍看之下行動很魯莽，但還是有些腦袋才能存活至今。

杜軒靜靜觀察，從他們身上的武器、說話的態度，看出三人之間的關係。

剛才拿手槍對準他的腦袋，和用繩子把他捆起來的男人，都是按照另外一個老愛抱怨的人的命令行動。從三人的對話模式來看，他應該就是這群人的領頭。

群體之中不見得一定有明確的「首領」，但總會有個負責發號施令的人，而通常其他人都不會反抗他說的話，所以氣勢上比較弱，就算不滿也不會直接和「首領」發生衝突。

杜軒雖然只是個咖啡店店員，不過他平常就很愛觀察人群，甚至能夠看得出客人喜歡喝什麼口味的飲品，隨手帶餐點甜品的機率高不高。

這只是個人的小興趣，他只是不知不覺中就習慣這樣做，從結果上來看，這個習慣確實很有用。

簡單來說，手槍男持有鐵條的機率為一成，繩子男兩成，而剩下的七成則是嘴很臭的那個男人。

足夠了。

當杜軒做出決定的同時，樹林裡傳出警報聲響，聲音很大，比之前還要近。

很顯然，警笛頭正在往這裡逼近。

「走了！」為首的男人走過來將杜軒一把抓起，並指揮綁人的男子，「你去把外面那兩個蠢貨叫回來，只是叫他們在附近看看而已，天曉得跑去哪混了。」

「不會這麼倒楣吧？」手裡雖然有槍，但這個男人卻很膽小，看上去很害怕警笛頭，和剛才拿槍瞄準杜軒的氣勢差很多。

「可、可是……」

臭臉男不快地咂舌，「怕什麼鬼！我們都知道它的行動路線，避開就好。」

「你是不是想跟這傢伙一樣，被拿來當誘餌？」

臭臉男厲聲威脅，果然讓對方乖乖閉上嘴。

杜軒被臭臉男拉到身邊，腳步有些踉蹌，還差點扭到，可見對方有多不客氣。

「走。」臭臉男只說了一個字，而杜軒也只是默默抬頭看了他一眼。

杜軒故意走得很慢，讓他和手槍男稍微拉開距離，就在要跨出餐廳的時候，杜軒突然轉頭，用肩膀撞擊臭臉男的胸口，把他往餐廳裡撞。

兩人雙雙倒地，聽到聲響的手槍男立刻轉身瞄準杜軒。

但，他的速度還是太慢，根本沒辦法和夏司宇相比。

夏司宇黑著臉出現在他身後，握緊拳頭，往手槍男的後腦勺揮下去。

骨裂的聲音，清脆而令人膽寒。

杜軒沒有去管門口的情況，立刻跨坐在倒地的臭臉男腹部，雙膝緊緊貼著地面，不讓他有機會起身。

「幹！你這混——」

臭臉男不悅地大吼，掙扎著想推開杜軒，但杜軒卻張嘴狠狠咬住他的鼻子。

「嗚哇啊啊！」

杜軒下嘴很重，即便舌尖嘗到血味，也沒有要鬆開的意思。

鼻子被咬住的臭臉男發不出太大的聲音，像是頭部被埋在水底下，只能張著嘴呼吸。

在留下兩道清楚的齒痕和見骨的傷口後，杜軒這才鬆嘴挪開，染血的雙嘴貼近臭臉男的耳邊，輕聲低語。

「把『那個』交出來，這樣我就不把你的鼻子咬掉。」

「唔嗯……」臭臉男當然不肯聽從，但鼻子痛到不行，已經影響到他的思考。

他想趁機推開杜軒，卻反而被抓住兩隻手腕，動彈不得。

這時他才看到杜軒身後站著一名戴著眼罩的男人，那張面無表情的臉，冰冷到像是準備把他的皮活生生剝下來。

——那是想殺人的眼神。

臭臉男不再反抗，全身失去力氣，動彈不得。

杜軒感覺掌下沒有了反抗的力量，便鬆開手，果然看到臭臉男的手臂軟趴趴地癱在地上不動。

懶得再等的杜軒，直接往臭臉男身上摸索，果然找到了那根鐵條。

順利取得後，杜軒終於鬆口氣，臉上的表情也稍稍鬆懈下來。

接著，他感覺有人從後面拉住他的衣領，把他整個人提起來，像是在拎小狗小貓一樣。

「這樣就夠了吧？」

「嗯，可以了。」杜軒勾起嘴角，將鐵條放在他眼前甩來甩去，「很成功哦。」

看到杜軒滿嘴是血地對他笑，夏司宇真不知道該稱讚他還是該先生氣。

「……下次別再做這種事。」

夏司宇抬腿踩住倒地的臭臉男，接著用袖子用力磨蹭杜軒的嘴，把血擦乾淨。

「你要我『下次』別再做的事情，又增加了呢。」

「別跟我耍嘴皮。」

他把杜軒放在旁邊，接著掏出手槍，連看也沒看一眼，直接轟掉臭臉男的腦袋。

杜軒很驚訝，這還是他第一次看到夏司宇在他面前殺死「活人」。

拖著跑去外面找另外兩人的捆綁男的屍體，緩緩走進餐廳的戴仁佑也被這一幕嚇到，一臉驚訝地說：「搞什麼，你不是說過不想殺人嗎？」

「我確實說過，但我沒說我不會殺人。」夏司宇收起手槍，「我只是不想為了離開這裡去獵殺其他人而已，跟大叔你不同。」

戴仁佑已經完全放棄自己被當成大叔看待這件事，連吐槽都懶了。

「是是是，我跟你這崇高的軍人理念不同，就是個壞蛋。」

雖說危險已經解除，但不表示真的安全了。就在他們悠哉對話的時候，警報聲又變得更加接近。

「它們應該是來找這些屍體的，得趕緊撤。」

「先別急。」杜軒小跑到屍體旁邊，從對方的包包裡翻出兩包東西。

戴仁佑立刻就看出那是什麼，不懷好意地勾起嘴角。

「我還以為你是個爛好人呢，沒想到下手還挺狠。」

「只不過是以其人之道還治其人之身，再說，我也答應過景皓他們要幫忙報仇。」

杜軒笑道，「而且這樣做還可以順便看看能不能再多掉落幾支鐵條，不是一石二鳥的好機會嗎？」

杜軒說完，將這些人攜帶的炸藥綁在三具屍體上面，接著將引爆器交給戴仁佑，理由是這個引爆器做得很陽春，加上按鈕很多，杜軒看不懂到底要按哪個才能成功引爆。

既然戴仁佑自告奮勇，就把這個工作交給他。

隨後，伴隨警笛頭的到來，加上爆炸的巨響，他們成功替那群年輕人報了仇。

可惜，事情果然沒有想像中那麼順利。

這三具屍體爆炸後毀掉的警笛頭，都沒有掉落「鐵條」。

杜軒沒辦法，只好把從臭臉男身上搜刮到的鐵條用破布捆綁起來，拿在手上。

不知道是不是因為有鐵條在，戴仁佑和夏司宇都和他保持著安全距離。

杜軒知道他們並不是怕他會拿鐵條捅他們，而是出自於本能地防衛，因此沒說什麼。取而代之的是，景皓和任偉學倒是黏了上來。

「沒想到你真的能解決掉他們！真的是太厲害了！」任偉學的雙眸閃閃發光，看得出來很崇拜杜軒，就像隻對他搖著尾巴的狗。

就連固執的景皓也因此對杜軒產生信任，光是走在他身邊都會不由自主地露出笑容，和之前半死不活的模樣差很多。

說實在話，杜軒還有點不知道該怎麼應付這兩人。

他甚至還可以感受到夏司宇一直用「灼熱」的目光，盯著他們看。

一路上只有任偉學在吵鬧，景皓偶而回他幾句，一行五人就這樣來到新的地區。

這裡是夏司宇說的其他安全點，他們在商量過後，決定先休息再考慮之後要怎麼辦。

「大叔，你要跟我們跟到什麼時候？」

「幹嘛！又沒礙到你們，急著把我趕走做什麼？而且我好歹也是個戰力。」

杜軒原本只是想問戴仁佑有什麼打算，沒想到會被解讀成要趕他走。

以戴仁佑的思考邏輯來說，確實會這麼想，杜軒也懶得解釋。

「你不是很喜歡狩獵？跟著我們可沒辦法哦。」

「我現在覺得你們比較有趣，反正我已經待在這裡很久了，也沒那麼急著離開。」

戴仁佑雙手放在腦後，翹著二郎腿靠坐在地上，「只有那種剛來的菜鳥才會熱血沸騰地說什麼——我要殺光所有人。老子怎麼可能跟那些蠢蛋一樣。」

看他的態度，是真的不急。

杜軒嘆口氣，放棄追問，接著把目光轉移到夏司宇身上。

夏司宇正好也在看他，兩人的視線就這麼不經意地重疊。

「……你要找東西把那根鐵條裝起來嗎？拿在手上太顯眼了。」

「我也想啊，但這大小很難隨身攜帶，再說我現在要上哪去找裝它的東西？」

「之後我去幫你找看看有沒有什麼包能裝。」

「沒關係，不用浪費那個時間。現在先休息吧。」

景皓跟任偉學早就靠著牆壁睡著了，杜軒他們則是圍在火堆旁聊天。

那兩個年輕人雖然之前看起來感情不好，但現在卻只剩彼此，從肩貼著肩的情況來看，他們之間的關係還是挺不錯的。

杜軒反而有點羨慕他們，因為他們不是一個人來到這個鬼地方，至少還有能夠完全放心信任的朋友在身邊。

夏司宇看見杜軒看著那兩個年輕人的眼神，垂下眼簾。

他走過去，貼在杜軒身邊，雙手環胸閉上眼睛，看起來是打算就這樣貼著他睡覺。

杜軒有些驚訝，他還以為有鐵條在的話，夏司宇會不想靠過來。

雖說只是個小小的舉動，但杜軒心裡感覺暖暖的，不知道什麼時候已經闔上眼，沉沉睡去。

即便知道不可能，卻還是忍不住奢望，當他睜開眼的瞬間，自己就已經離開這個地獄般的空間。

但理智告訴他，那是不可能的。

這裡不是夢，也不是幻想，而是真實存在的地方。

「呵，沒錯。這裡是『真實』存在的。」

忽然，杜軒的腦海中閃過帶有雜音的說話聲。

光是聽見聲音，就讓人不由自主感到恐懼，甚至忍不住顫抖。

杜軒睜開眼，發現自己孤身一人處在全黑的空間，原本屈膝坐在地上的姿勢，也不知道什麼時候變成了雙腿直立。

雖說以這空間的漆黑程度，他也不確定自己是不是「站」著。

杜軒環顧四周，表情茫然，想開口卻發不出聲音，彷彿有某種東西正壓住他的喉嚨。

接著，那個令人畏懼的聲音再次出現。

「歡迎來到『地獄』，我等你很久了。」

聲音聽上去很高興。

但接下來它所說的話，卻讓杜軒的心沉入海底，緊抱自己的身體，痛苦低著頭。

「這次，我絕對要殺了你。」

語氣中充滿仇恨，就像是有千萬根針直接穿過肌膚，狠狠扎在體內所有器官上。

他聽不懂這句話的意思，也不明白說這些話的「人」為什麼想殺他。

腦袋一片混亂，而後，他像是感覺到有人站在前方，慢慢將頭抬起。

一張漆黑空洞的臉出現在杜軒眼前，近到幾乎貼著他的鼻尖，壓迫感大到差點沒讓他反胃嘔吐。

這東西沒有五官，就只有類人形的輪廓，像是小孩子都能畫出來的火柴人。

那張臉就像一塊黑洞，看上去還會蠕動，就像活著的生物。

杜軒不知道這東西是什麼，但直覺告訴他必須遠離。

於是他下意識往後退一步，沒想到卻踩了個空，整個人急速下墜。

「嗚啊啊啊！」

毫無防備的墜落感，令人心臟狂跳到像是要炸開。

背對著向下墜的姿勢讓杜軒充滿恐懼，直覺認為自己會摔成稀巴爛。

直到「咚」的一聲，他睜大雙眸跳起來，才發現自己剛剛根本沒有往下墜落，而是安穩地躺在地上。

周圍只有鵝黃色的微弱光芒，隨著左右搖曳的燈泡緩慢晃動著。

很顯然，這裡並不是他剛才待的地方。

「唔……頭好痛，怎麼回事……」

杜軒感覺腦袋痛到快炸開，就像是被車輾過。

他無意識地將手往旁邊放，意外發現之前得到的鐵條竟然還在身邊。

「沒想到看見這東西竟然會讓我這麼開心。」

杜軒自嘲道，接著靜靜坐在地上，直到頭痛情況緩和下來。

他起身，順手拍掉衣服上的灰塵。

這時他發現夏司宇借他穿的外套，不知道什麼時候消失不見了，而原本被扔掉的染血外套，則再度回到身上。

杜軒放棄去思考這些小事，脫掉外套，用它把鐵條捆好後當成胸包，斜綁在背後。

他雙手插腰，看著鋪滿磁磚的地面，留下冷汗。

「接下來……開始第二回合吧。」

——《殺戮靈魂01》完

後記

各位好，我是不知道為什麼這個坑寫得特別快的快手草。

最近不知道是不是有點懶，寫稿速度總是快不起來，沒想到在寫殺戮的時候速度突然爆增，然後就一路順暢地飆完了，甚至還比原先預定的完成時間還要早一個月，這肯定有發生什麼事，否則我不可能寫得這麼快啊啊啊啊！（抓頭）

好，冷靜。我們重來一次。

這次的新書《殺戮靈魂》主設定是奇妙的異空間，雖說這次的題材選擇比較偏向於奇幻，但裡面的東西（包括戰鬥），都沒有魔法或是奇幻組合，頂多就是有比較可怕的東西存在而已。另外，這次的作品想稍微增加一點血腥程度，這部分會隨著劇情加重，前期還看不太出來（戰鬥的劇情也是）。

其實這個故事和最初跟編輯討論的設定稍微有點不同，因為討論的時間和寫作的時間相隔有些遠，在腦袋裡磨著磨著就變成現在這樣了（笑），不然原本是想寫偏恐怖向的說。話雖如此，現在的設定我自己也很喜歡，所以寫得特別順。

《殺戮靈魂》和前作《遊戲結束之前》雖然都是屬於戰鬥＋血腥類型的故事，但兩者內容還是有很大的差異，劇情進展的節奏也不同。相較之下，《殺戮靈魂》會有些虛幻，希望加入這個特點設計的故事，大家會喜歡。

再次感謝購買這本小說的你，如果喜歡的話請給予支持，讓坑草能夠繼續寫下去。

我們下本後記再見^^！

草子信

草子信ＦＢ：https://www.facebook.com/kusa29

高寶書版集團
gobooks.com.tw

輕世代 FW383
殺戮靈魂01

作　　者　草子信
繪　　者　茶渋たむ
編　　輯　林雨欣
校　　對　薛怡冠
美術編輯　彭裕芳
排　　版　彭立瑋
企　　畫　李欣霓

發 行 人　朱凱蕾
出　　版　三日月書版股份有限公司
　　　　　Printed in Taiwan
地　　址　臺北市內湖區洲子街88號3樓
網　　址　www.gobooks.com.tw
電　　話　(02) 27992788
電　　郵　readers@gobooks.com.tw（讀者服務部）
傳　　真　出版部　(02) 27990909　行銷部 (02) 27993088
郵政劃撥　50404557
戶　　名　三日月書版股份有限公司
發　　行　英屬維京群島商高寶國際有限公司台灣分公司
　　　　　Global Group Holdings, Ltd.
初版日期　2022年 8 月

國家圖書館出版品預行編目(CIP)資料

殺戮靈魂/草子信著.-- 初版. -- 臺北市：三日月書版股份有限公司出版：英屬維京群島高寶國際有限公司臺灣分公司發行, 2022.08-
面；　公分. --

ISBN 978-626-7152-10-2(第1冊：平裝)

863.57　　111007868

◎凡本著作任何圖片、文字及其他內容，未經本公司同意授權者，均不得擅自重製、仿製或以其他方法加以侵害，如一經查獲，必定追究到底，絕不寬貸。
◎版權所有　翻印必究◎

三日月書版 Mikazuki　朧月書版 Hazymoon

蝦皮開賣

更多元的購物管道
更便利的購物方式
雙品牌系列書籍、商品
同步刊登於蝦皮商城

三日月書版 Mikazuki × 朧月書版 hazymoon
https://shopee.tw/mikazuki2012_tw

三日月書版 朧月書版

三日月書版

GOBOOKS
& SITAK
GROUP©

GOBOOKS
& SITAK
GROUP©

常備菜2

作　　者｜飛田和緒
譯　　者｜賴郁婷
責任編輯｜林明月
行銷企畫｜林予安
設計・排版｜CAGW.

日文版工作人員
藝術指導・設計｜佐藤芳孝
攝　　影｜吉田篤史
食物造型｜久保原惠理
企畫編輯・採訪｜相沢ひろみ
校　　對｜滄流社
責任編輯｜足立昭子

發 行 人｜江明玉
出版發行｜大鴻藝術股份有限公司　合作社出版事業部
台北市103大同區鄭州路87號11樓之2
電話：(02)2559-0510　傳真：(02)2559-0502
服務信箱：hcspress@gmail.com
總 經 銷｜高寶書版集團
台北市114內湖區洲子街88號3F
電話：(02)2799-2788　傳真：(02)2799-0909

2017年8月初版　Printed in Taiwan
定價300元　ISBN 978-986-93552-3-0

國家圖書館出版品預行編目資料
常備菜2 / 飛田和緒 作；賴郁婷 譯
– 初版. -- 臺北市：大鴻藝術合作社出版,
2017.8；128面；15×21公分
譯自：常備菜2
ISBN 978-986-93552-3-0(平裝)
食譜
427.1　　106010284

JYOBISAI 2 by Kazuwo Hida
Copyright © 2016 Kazuwo Hida, SHUFU-TO-SEIKATSU SHA LTD.
All rights reserved.
Original Japanese edition published by SHUFU-TO-SEIKATSU SHA LTD., Tokyo.

This Complex Chinese language edition is published by arrangement with
SHUFU-TO-SEIKATSU SHA LTD., Tokyo in care of Tuttle-Mori Agency, Inc., Tokyo
through Future View Technology Ltd., Taipei.

Complex Chinese translation rights © 2017 by HAPCHOKSIA Press, a division of Big Art Co. Ltd.

最新合作社出版書籍相關訊息與意見流通，請加入Facebook粉絲頁　臉書搜尋：合作社出版